KB208718

제주의 책 쓰는 날들

제주의
책 쓰는 날들

내 맘대로 책 쓰기 도전기

김용희 지음

"우리는 저마다의 이야기를 하지만

나 자신이 누군지 궁금합니다."

"애써 모른 채 외면하지만

이 인생의 의미가 무엇일지 궁금합니다."

맞이하는 글

책 쓰는 날들을 시작하며

일 년 전 이맘때쯤 저의 모습을 생각해 보면, 세상에서 어떤 삶을 살아갈지에 대한 고민이 많던 시기였습니다. 누구나 자아실현을 꿈꾸지만, 아무에게나 자신의 삶을 오롯이 살 기회가 오는 건 아니라고 합니다. 또 어쩌다 기회가 오더라도 모든 것을 책임지고 감수할 용기도 필요하지요. 저 역시 어떤 삶을 살아갈지 현실과 이상 사이에서 고민이 많았었는데, 행운은 우연을 타고 온다고 했던가요? 어느 날 친한 지인이 저에게 글을 한번 써 보라고 했습니다.

저는 글 쓰는 걸 좋아하기는 합니다만, 그것을 생업으로 삼는 데에 많은 고민이 있었습니다. 과연 글 쓰는 삶으로 생계를 유지할 수 있을까? 그게 가장 큰 의문이었고, 아직도 그 부분은 좀처럼 해결되지 못한 과제로 남아 있어요. 하지만 신기하게도 사람의 운명은 거스를 수 없나 봅니다. 힘든 일이 있을 때마다 글을 쓰면서 견뎌오던 저는 우연히 다시 글을 쓰게 되었고, 일 년이 지난 지금 어느새 작가의 길을 가고 있으니까요.

이 책은 제가 처음 글을 쓰기 시작하면서부터 가제본을 완성하기까지의 과정을 엮은 것이에요. 글을 쓰고 뒤엎고, 다시 쓰고 뒤엎고 하는 수많은 반복의 과정과 절대로 포기하지 않는 불굴의 의지를 좀 담아보았습니다. 아무것도 모른 채 용기만으로 뛰어든 저의 책 쓰는 날들은 절대 녹록지 않았습니다. 혼자 좌충우돌하며 시행착오를 겪는 일도 많았죠.

하지만 고통이 없으면 행복도 없다고 하던가요?

외롭고 답답할 줄만 알았던 저의 책 쓰는 날들은 글을 쓰지 않았다면 겪지 못했을 놀랍고 행복한 일들도 많이 일어났습니다.

저는 이 책을 뭔가 시작하려고 하는데 막상 시작할 용기가 나지 않는 분, 처음 작가가 되시려는 분, 나만의 책 만들기를 시작해 보시려는 분들께 권해드리고 싶어요. 비록 제 글이 여러분의 책 쓰는 날들에 많은 이정표가 되지는 못한다고 하더라도 세상에는 저처럼 책을 쓰기 위해 고군분투했던 사람도 있었다는 것이 여러분께 많은 공감과 위로를 드릴 수 있지 않을까 생각해요.

모쪼록 이 책을 접하시는 많은 분들이 저와 비슷한 경험이 있으시면 함께 공감하시고, 어려움이 있으시다면 함께 용기 내서 나아가시면 좋겠습니다.

세상의 모든 작가님 힘내시고, 어떠한 고난이 있더라도 절대로 포기하지 마세요.

여러분의 꿈을 응원합니다.

당신을 맞이하며

김용희

차례

I. 제가 책을 쓴다고요?

"용희 님, 책을 한 번 써보지, 그래요? 제주에서 여기저기 다닌 이야기만 써도 재밌을 것 같은데?"

어느 날, 절친 진희 님이 내게 말했다.

"제가요? 에이, 제가 무슨 책을 써요? 제 인생에 무슨 재미난 이야기가 있을 거라고요. 일상도 늘 그렇고 그런데…."

내가 책을 쓴다니? 평생 생각도 못 한 말에 난 적잖이 당황했다.

"아니야, 잘 찾아봐요. 아마 일상만 적어도 분명 재밌을 거라니까요."

2. 반갑다 노루야

'아니, 진희 님은 대체 무슨 생각으로 내게 그런 말을 하신 거지?'

아무리 생각해도 내가 책을 쓴다는 건 말이 안 된다. 엄청나게 좋은 일이 있는 것도 아니고, 일상은 늘 그렇고 그런데…. 무엇보다 책은 자랑할 게 많거나, 개성이 강하거나, 인기가 많거나 한 어떤 특별한 사람들이 쓰는 것 아닌가?

나는 아무리 진희 님의 말을 곱씹어 봐도 앞으로 내가 책을 쓸 일은 없을 거라며, 괜스레 제주의 이곳저곳만 돌아다녔다. 처음에는 운동은 하고 싶고 산길은 몰라서 아스팔트 옆 인도를 돌아다녔었는데, 슬슬 따가운 햇살과 지나가는 차가 내뿜는 매연에 지쳐서 친한 언니에게 물어 삼의악 오름으로 가는 길을 알게 되었다.

처음 가본 삼의악 오름은 정말 아름답고 좋았다. 숲길이가 적당해서 한 번 들어가면 무조건 만 보를 채워야 나올 수 있는 게 좋았고, 탁 트인 정상에 오르면 정면에

웅장한 한라산이 보여서, 마치 한라산이 내 마음속으로 걸어오는 듯한 신비한 느낌이 드는 것도 좋았다. 나무가 울창해서 어느 계절에 들어가도 쾌적했으며, 여름에는 예쁜 버섯이 많아 다양한 버섯을 감상하며 걷는 것도 내게는 꽤 즐거운 일이었다.

삼의악 오름으로 가면 언제나 숲이 주는 묘한 분위기와 생명력을 느낄 수 있어서 좋았지만, 문제는 혼자서 숲 깊숙이 들어가다 보니 대낮에도 숲에는 사람이 없어서 조금 무섭다는 것이었다.

'우리나라는 치안이 좋으니까, 한낮의 숲에서 누군가를 만나거나 어려움을 겪는 일은 없을 테지…'

그렇게 생각하고 마음을 굳게 먹었지만, 막상 숲이 너무 외져서 긴장되는 마음을 누를 길이 없었다. 나는 손에 핸드폰을 꼭 쥐고 다녔지만 실제로 숲에서 잘 터지고 있는지까지는 차마 확인할 수 없었는데, 막상 전파가 제대로 안 터지는 걸 알게 되면 더 무서울 것 같았기 때문이었다.

그러던 어느 날, 여느 때와 다름없이 숲을 걷고 있는데 어디선가 낯선 이의 움직임이 느껴졌다.

'설마 지금 누군가 내게 접근하는 거 아니지?'

짧은 순간 엄청난 공포감이 밀려왔다.

'이럴 줄 알았으면 여기 혼자 오는 게 아닌데….'

하지만 이제 와서 후회하는 게 무슨 소용이 있을까? 그렇게 두려움에 떨고 있는 사이 어느새 눈앞에는 신기한 생명체가 하나 나타났다.

'까꿍'

눈이 마주치는 순간, 나는 너무 놀라 긴장감에 주저앉을 뻔했다. 놀란 마음을 진정시키고 자세히 살펴보니 내 앞에는 제법 큰 동물이 네발로 딱 버티고 서 있는 게 아닌가?

'저게 뭐야?'

동물의 눈을 뚫어져라 쳐다보니 앞에 있는 동물은 사실은 사람인데 누군가 인형 탈을 쓴 것처럼 느껴졌다.

'뭐야? 내가 지금 뭔가를 잘못 본 건가?'

나는 다른 동물의 눈을 그렇게 오랫동안 쳐다본 적이 없어서 모든 게 신비롭게 느껴졌다. 까맣고 동그란 눈망울을 보고 있자니 서로의 존재를 느낄 수 있다는 것이 너무나도 신기했다.

마음을 가다듬고 자세히 살펴보니 그 동물은 다름 아닌 노루였다. 새끼 노루는 아니고 제법 큰 청소년 노루.

평소 이 숲에는 사람이 다니지 않아서인지 노루는 사람이 다니는 길 한가운데에 떡하니 자리 잡고 있었고, 나 역시 그렇게 정면으로 마주쳤을 땐 노루를 어떻게 대해야 할지 몰라 우리는 서로 멀뚱멀뚱 쳐다보고만 있었다. 노루도 나도 이곳에 누군가가 나타날지 전혀 예상하지 못했던 터라 서로 진심으로 당황한 눈치였다.

'이럴 땐 노루에게 말을 걸어야 하는 건가? 위협적인 행동을 해야 하는 건가?'

사람 말고 다른 동물을 대할 땐 어떻게 해야 하는 건지…. 이렇게 야생동물을 정면으로 만나는 것은 처음이라 내가 어떻게 해야 하는지 아무 생각도 나지 않았고, 지금 내 눈앞에 노루와의 만남이 현실로 펼쳐지고 있다는 사실만이 너무도 비현실적으로 느껴졌다.

'거기 외길인데 노루야? 사람이 다니는 길이야.'

나는 노루를 쳐다보며 생각했다. 바닥에는 야자수 매

트가 깔려 있었고, 다른 길로 들어가면 길을 잃을 수 있어서 내가 다른 길을 택할 수는 없었다. 아마 노련한 성인 노루라면 야자수 매트가 깔린 길은 사람이 다니는 길이란 걸 미리 알고 피했겠지만, 아직 청소년이라 그런지 거기가 인간이 다니는 길이란 걸 모른 것 같았다. 그러니까 지금 이건 노루가 비켜줘야 하는 게 맞다.

'아니 잠시만, 언제부터 인간 사는 곳과 동물 사는 곳이 분리된 거지? 노루에게는 이 숲이 다 같은 숲이겠지…. 인간 다니는 길이 대체 노루랑 무슨 상관이람?'

생각해 보니, 내가 이 숲을 가지고 노루 땅인지 인간 땅인지 가르는 것도 좀 이상한 것 같았다. 이곳은 생명이 함께 살아가는 곳인데, 언제부터 우리는 동물과 인간의 공간을 분리하며 살기 시작한 걸까?

결국 오도 가도 못하고 숲에서 노루와 마주 보고 있던 나는 머릿속이 복잡해졌다. 노루와 대치하고 있자니 사회적 동물이긴 해도 무리에서 홀로 떨어져 나온 오늘의

'나'라는 인간은 다른 동료들이 없을 때는 노루와 같은 한 마리 초식 동물에 지나지 않는다는 걸 알게 되었기 때문이었다. 노루와 처지가 별로 다를 바 없다고 느낀 나는 눈앞의 노루가 순한 종족임에도 긴장감이 엄습했고, 노루에게 어떻게 반응하는 게 좋을지 몰라서 온 신경이 노루에게로 쏠렸다.

또 다른 마음 한편에서는 현대 문명에서 느낄 수 없는 새로운 경험을 하는 까닭에 처음 본 노루의 신비함에 넋이 나가는 듯했다.

'지금 이게 말이 돼? 노루를 이렇게 가까이서 보는 게…. 이건 마치 동화 속의 한 장면 같잖아?'

생각하는 사이, 나보다 조금 겁 많던 노루가 먼저 숲으로 몸을 숨기자 나는 재빨리 사진을 찍었다.

노루가 도망가지 않도록 최대한 조심조심.

그렇게 노루와의 강렬한 첫 만남을 마치고 집으로 돌아온 나는 동화 같은 신비한 숲속 경험에 뭔가에 홀린 듯 글을 쓰기 시작했고, 그리고 그때부터 나의 작가 생활은 시작되었다.

3. 출판기획서를 한 번 써 보겠습니다

1

처음에 나는 산에 갔던 얘기도 조금 쓰고, 동네 친구들을 만나서 있었던 일도 조금 쓰고, 그런 식으로 두서없이 글을 썼다. 그러다 점차 글 한 편을 쓰는 것과 통합된 구성으로 책 한 권을 쓰는 건 전혀 다른 이야기라는 것을 알게 되었다.

음식 한 가지가 예쁘고 맛있을 순 있으나 한상차림이나 코스요리를 만들어 내는 건 쉐프가 가진 역량인 것처럼 책을 잘 쓰기 위해서는 글의 주제와 탄탄한 스토리 구성이 중요했고, 그게 작가가 가진 역량인 것 같았다.

'작가라면 글의 주제가 있거나, 삶의 철학이 있거나 그래야 하는 것 같은데…. 이렇게 두서없이 계속 글을 쓰는 걸로 책이 완성될 수 있는 걸까? 좋은 책을 쓰려면 무엇부터 시작해야 하는 걸까?'

갑자기 책을 쓰려고 하니, 조금은 막막해졌다.

나는 앞으로 무슨 책을 쓸지 이런저런 생각을 해보다가 문득 제주로 이사 올 때 내게 많은 영감을 주었던 책한 권이 떠 올랐다. 그 책은 제주에 이주해 온 사람들을 인터뷰한 책으로 제주살이에 관심이 많던 내게 양질의 정보를 주었었고, 가만히 생각해 보니 그런 책은 요즈음 좀처럼 보기 힘들어진 것 같다.

'나도 인터뷰집을 써볼까? 인터뷰집이 인기 있었던 지도 꽤 되었으니까, 어쩌면 요즘 독자들도 제주에 사는 사람들이 궁금할지도 모르는데….'

나는 오랜만에 제주살이에 관한 인터뷰집이 나오면 독자들의 반응이 꽤 괜찮을지도 모른단 생각이 들었다.

'근데 잠깐…. 내가 인맥이 있었던가? 인터뷰는 인터뷰를 해줄 사람이 있어야 하는 거 아닌가?'

생각해 보니 내가 제주에 인맥이 많은 것도 아니고, 인터뷰해 줄 사람도 없는데 인터뷰집 발간 계획은 좀 너무 할지도 모른다는 생각이 들었다.

나는 어디서부터 책 쓰기를 시작해야 할지 막막한 마음에 괜스레 동생에게 전화를 걸었다.

"저기, 있잖아. 내가 책을 한 번 써보려고 하는데 제주 사는 분들을 인터뷰해서 책을 내려고 하거든…. 주변에 혹시 인터뷰해 주실 만한 분이 있을까?"

"갑자기 웬 인터뷰? 딱히 생각나는 사람은 없는데?"

평소 내가 글을 썼던 것도 아니고, 어느 날 갑자기 전화해서 인터뷰할 사람을 소개해 달라니…. 동생도 좀 황당해하는 눈치다. 나는 동생에게 책을 쓸 때 사용하는 포맷 같은 게 있는지도 물어보았다.

"포맷? 책은 뭐 그냥 쓰면 되는 거 아님?"

동생이 대답했다.

"아니, 책을 쓰려면 어떤 형식이 있지 않을까? 한글 파일을 열어서 그냥 쓰면 되는 건가?"

우리는 서로 대화하다가 별다른 소득 없이 대화를 마쳤다. 갑자기 책을 쓴다는 것은 내게 어디서부터 뭘 해야할지 그저 막막한 이야기였다. 잠시 뒤 고맙게도 동생은 인터넷을 통해 찾은 글 한 편을 내게 보내주었다.

「출판기획서 쓰는 법」

'오, 이게 뭐야?'

글을 읽어보니, 초보 작가가 기획서를 완성한 후 자신의 책을 출간하는 과정이 아주 상세히 적혀있었다. 덕분에 나는 왜 출판기획서가 필요한지에 대해 확실히 알게되었다.

첨부파일도 열어보니, 책을 기획할 때는 만들고자 하는 책의 제목, 분야, 주제, 기획 의도, 예상 독자, 핵심 콘셉트, 경쟁 도서, 차별화 요소, 목차, 마케팅 포인트, 머리말, 저자 소개 등을 꼼꼼히 작성하면 된다고 했다.

'그렇단 말이지? 그럼, 출판기획서를 작성해 볼까?'

나는 빈칸을 적기 시작하면서, 출판기획서를 작성하고 나면 인터뷰해 주실 분도 찾아봐야겠다고 생각했다.

2

출판기획서를 쓰는 일은 그리 어렵지 않았지만, 경쟁 도서 분석이 오래 걸렸다. 나는 경쟁 도서에는 어떤 책이 있는지 조사하기 위해 제주 문헌이 많은 도서관에 가서 책을 살펴보기로 했다.

책 쓰기를 목적으로 다른 책을 참고하다 보니 절로 좋은 아이디어가 떠오르는 것 같았다. 제주 고유문화나 자연 자원 관련 책들은 동화책 주제로 좋을 것 같았고, 제주 설화를 변형해서 소설을 써도 재밌을 것 같았다. 하지만 나는 인터뷰집을 쓸 예정이었기에 관련 도서 위주로 책을 찾아보게 되었는데, 왠지 모르게 제주 사람들을 인터뷰한 책은 그리 많지 않았다.

'요즘은 에세이가 인기라던데…. 그래서 인터뷰집이 많이 없는 걸까?'

경쟁 도서 분석을 하다 보니 인터뷰집은 많이 출간되지 않는 듯했다. 하긴 일일이 인터뷰할 사람들을 섭외하고 만나고 글을 써야 하는 건 작가 입장에서는 꽤 까다로운 작업일 것 같고, 그렇게 어렵사리 만들어서 책이 잘 팔릴지도 의문이니…. 어쨌든 인터뷰집은 선뜻 시작하기 쉽지 않은 작업인 게 틀림없어 보였다.

인터뷰집이 별로 없다 보니, 나는 제주에 살고 있는 사람들이 쓴 에세이 위주로 살펴보았고, 그렇게 몇 권의 책을 읽다가 왠지 모르게 조금 답답한 마음이 들기 시작했다. 주변에 사는 이웃들을 살펴보면 좋은 사람들도 많은데 제주 관련 책을 찾으면 찾을수록 이주 생활의 어려움이나 제주에 대한 비판적인 내용만이 너무 많았기 때문이었다. 제주도는 여행객이 많이 찾는 곳으로 여기서 태어났지만 외지로 나가는 사람도 많고, 호기심에 이끌려 제주에 왔다가 금방 떠나는 사람도 많다. 그렇게 사람들의 이동이 잦다 보니 서로 간의 깊은 이해가 어렵고, 도민과 외지인 등 사람들이 각기 향유하는 문화가 달라 오해도 많이 쌓이는 것 같다.

하지만 이곳에 사는 사람들이 서로 아껴주고 챙겨주면서 공유하는 좋은 문화도 많은 데, 출판된 다수의 책에서 균형 잡힌 관점을 제시하지 못하는 점은 다소 안타까웠다.

'내가 한 번 그런 책을 만들어 보면 어떨까? 사람들의 삶을 이해시키고 화합하게 하는 책'

나는 제주에 필요한 지식, 기술, 능력을 갖춘 사람들을 인터뷰해서 여러 사람에게 다양한 삶의 방식을 알려주는 것은 서로에 관한 이해를 돕는 데 기여하는 꽤 의미 있는 일이 될 거란 생각이 들었다.

'그래, 인터뷰집의 주제는 「제주도에 감사하며, 자신의 삶을 겸손하게 살아가는 사람들의 이야기를 진솔하게 담는다.」로 하자.'

나는 새로 쓸 인터뷰집에서 제주를 소중히 여기며 묵묵히 살아가는 사람들의 이야기를 통해 다 같이 잘 살 수 있는 사회를 만들 수 있다는 점을 강조해 보고 싶었다. 비록 기획 단계에서부터 내가 쓸 인터뷰집은 앞으로 들일 노력에 비해 잘 팔릴 거란 기대는 할 수 없었지만, 제주 사람들의 진솔한 삶의 모습을 통해 많은 독자가 공감하고 제주에 대한 긍정적인 생각을 가지게 된다면 그것만으로 충분하다고 생각했다.

이렇게 출판기획서를 써보니 어쩌면 책 쓰는 일은 내가 할 수 있는 범위에서 세상에 기여할 수 있는 의미 있는 일이 될지도 모른다는 생각에 기분이 좋아졌다.

우리 함께 써봐요
<출판기획서 1단계: 책 구상하기>

1. 내가 만들 책은 어떤 책이고 왜 만들고 싶은가요?

_____

_____

_____

2. 책의 주제와 형식은 어떻게 할까요?

_____

_____

_____

3. 내 책의 특징은 무엇인가요?

_____

_____

_____

4. 내 책의 예상 독자는 누구인가요?

_____

_____

_____

5. 대략적인 책 제작 일정은 어떻게 잡을까요?

_____

_____

_____

4. 다른 책도 함께 쓰자고요?

1

그렇게 출판기획서는 완성됐으나, 내가 당면한 문제는 인터뷰해 줄 사람이 없다는 것이었다. 시작은 하고 싶은데, 대체 어디서부터 접근해야 할지가 정말 막막했다.

한 번도 책을 써보지 않은 작가에게 인터뷰할 시간을 내 줄 사람이 있을지, 설사 인터뷰할 사람을 찾는다고 해도 글을 써보지 않은 내가 잘 쓸 수 있을지, 한 번의 인터뷰를 통해 다른 사람의 인생을 오롯이 다 담아낼 수 있을지, 머릿속에는 온통 할 수 없는 이유만 계속 떠올랐다. 그래도 시작도 못 하고 그만두기엔 뭔가 좀 아쉬움이 있었던 나는 용기를 한 번 내보기로 했다.

'그래, 뭐. 부딪혀보자. 어차피 잃을 것도 없잖아?'

나는 긍정적인 에너지를 최대한 끌어모아 인터뷰해 줄분을 모집하기 위한 방안을 생각해 보았다. 써 놓은 원고도 없고 모든 생각이 머릿속에만 있다 보니 사람들을 설득하기가 더 어려운 것 같았다. 고민하던 나는 출판기획서의 내용을 한 장으로 압축한 책 홍보 자료를 만들고 미팅 준비를 마쳤다.

'그러면 처음으로 누구를 찾아가야 하나?'

아무리 생각해도 한 번에 떠오르는 사람은 없어서 그렇게 또 며칠간을 고민하며 시간을 보내게 되었다.

2

'아 맞다. 오 하리. 하리 님을 만나러 가야겠다.'

불현듯 머릿속에 하리 님이 생각났다. 하리 님은 제주에 와서 만나게 된 친구로 오랜 기간 개인 사업을 하고 있다. 나와 아주 가까운 사이는 아니었지만, 어쩌면 하리 님이라면 내 첫 인터뷰 상대가 되어 줄지도 모른다고 생각했다.

어느 목요일 저녁, 하리 님과 만날 약속을 잡은 나는 시내에 있는 하리 님의 사무실을 찾았다.

오늘따라 추적추적 내리는 비가 첫 미팅의 긴장감을 그대로 보여주는 듯했지만, 하리 님의 밝은 성격 덕분인지 대화는 꽤 즐겁게 흘러갔다.

"용희 님, 책을 쓰신다고 하면 지인 중에 사업하시는 분이 있으시거든요. 혹시 그분을 소개해 드릴까요?"

"음…. 그분은 어떤 분이신데요? 제주에 사시나요?"

나는 책의 취지와 맞는 분을 가급적 세심히 섭외하고 싶어서 하리 님께 이런저런 질문을 했다.

"서울에서 사업하시는 분이긴 한데요. 가끔 제주에 머물며 살아요."

"그럼, 서울로 다시 가실 분인가요? 이 책은 제주 사시는 분들에 관한 책이거든요…. 혹시 하리 님이 인터뷰하실 생각은 없나요?"

나는 하리 님이라면 옆에 있으면서 자연스럽게 글을 써도 부담스럽지 않을 것 같아서 조심스럽게 제안해 보았다. 하리 님은 잠시 생각하다가 내게 되물었다.

"용희 님, 그럼 이건 어때요? 제가 힐링 콘텐츠로 책을 만들 예정인데, 일단 협력해서 같이 한 권 만들어 보는 것은요?"

나는 이참에 하리 님과 책을 만들어 보는 것도 괜찮을 것 같다고 생각했다. 함께 일하다 보면 인터뷰할 수 있는 새로운 인맥이 생길 수도 있고, 좋은 아이디어도 떠오를 수 있을 테니까 말이다.

"네, 좋아요. 그럼 함께 해봐요."

그렇게 나는 인터뷰집은 개인적으로 준비하기로 하고, 하리 님과 힐링 콘텐츠 책을 먼저 만들어보기로 협의했다.

5. 엎어진 공동 작업

하리 님과의 공동 작업은 꽤 즐거웠다. 우리는 함께 기획서를 쓰고, 회의도 하며 다양한 책 콘셉트를 만들었다. 제주의 한 마을을 정해서 그곳 숲에 관한 이야기를 써 본다든지, 주요 여행지에 대한 감성을 에세이로 써보자고 하는 등의 좋은 아이디어도 많이 나왔다. 그렇게 의견을 나누다가 우리는 제주의 사계를 모티브로 각 계절에 맞는 여행지를 취재하고, 장소에 맞는 짧은 시, 사진과 색칠하기를 넣은 새로운 형태의 드로잉북을 만들어 보기로 했다.

나는 그렇게 완성된 책 콘셉트에 맞추어 그림을 그려줄 일러스트레이터분을 섭외하고, 책에 들어갈 장소에 맞는 시를 쓰기 시작했다. 우리의 공동 작업은 약 3개월가량 지속되었고 처음에는 꽤 순항하는 듯 보였다. 단, 내가 섭외한 일러스트레이터분이 이 프로젝트에서 빠지신다고 통보하기 전까지는 말이다.

그분은 육아와 일을 병행하기 어려워 프로젝트에서 빠지시겠다고 했는데, 나는 그분의 입장이 백번 천번 이

해되긴 했지만…. 나에게는 3개월간 준비한 모든 것이 갑자기 뒤죽박죽되어 버리는 아찔한 순간이었다.

나는 이 상황이 도무지 믿어지지 않았고, 적잖이 충격을 받았다. 그간 공들인 작업이 모두 물거품이 되다니…. 허탈함이 밀려왔다.

"어떻게 하면 좋지?"

문제를 해결하기 위해 정신을 가다듬고 생각해 보니, 지금 내게는 선택지가 두 개 있는 듯했다. 어떻게든 새로운 분을 섭외해서 지금까지 진행된 원고를 완성하고 드로잉북을 출간하거나, 아니면 그동안 썼던 시를 따로 모아 시집을 만들거나….

하지만 고심 끝에 나는 어떤 선택도 하지 않기로 했다. 계속 새로운 모험을 해보는 것도 좋겠지만, 결국 이렇게 상황에 휘둘려 주먹구구식으로 만들어서는 내가 원하는 책을 완성하기 어려울 것만 같았기 때문이었다.

6. 드디어 첫 인터뷰 상대를 만나다

1

그러던 어느 날 하리 님이 내게 말했다.

"용희 님, 이번 주 수요일 ESG 경영에 관한 강의가 있는데, 관심 있으시면 가보시겠어요?"

"ESG 경영이요?"

ESG 경영은 환경, 사회, 지배구조의 약자로, 기업 경영의 지속가능성을 달성하기 위한 세 가지 핵심 요소를 말하는 것으로써 'ESG 벤처투자 표준 지침'이 마련되면서 제주에서도 벤처기업을 위한 ESG 세미나가 열린다는 것이었다.

"좋아요. 한 번 가볼게요."

나는 세미나를 통해 ESG 경영에 대해 배울 수 있을 것으로 생각하긴 했지만, 그 세미나가 특별히 책을 쓰는데 어떤 도움이 될 거라는 기대는 하지 않았다.

하지만 인생은 정말 끝까지 살아보기 전에는 예측하기 어려운 걸까? 신기하게도 나는 그곳에서 그토록 기다리던 나의 첫 인터뷰 상대를 만나게 되었다.

2

제주의 벤처 사업가들이 대거 참석한 ESG 세미나장에는 예상보다 사람이 많았다. 세미나 일정은 ESG에 대한 주제 강연을 듣고, 모둠을 나누어 주제 토론을 진행하는 것이었다.

강의가 시작되기 전, 처음 보는 회사의 대표님들이 서로 인사를 나누기 시작했다. 명함을 주고받는 사이 누군가 내게 다가와서 말을 걸었다.

"저, 여기 자리 있나요?"

점잖게 생긴 어떤 분이 내 옆자리를 가리키며 물었다.

"아니요. 아무도 없어요. 여기 앉으셔도 돼요."

그분은 사람들에게 명함을 내밀고 인사를 나누었다. 그 참에 나도 그분과 인사를 나누고 명함을 받았다.

「현홍준」

'이분 성함을 어디서 많이 들어본 듯한데, 내가 제주에 아는 사업가가 있었던가?'

그때까지도 나는 설마 현 대표님과 내가 어떤 인연이 있을 거란 생각은 하지 못했다. 대표님 특유의 점잖고 차분한 성격 덕분에 사람들과 명함을 나누는 그곳의 분위기가 좀 부드럽게 바뀌는 듯한 느낌이 들었다.

'내가 아는 분인가? 아마 중요하신 분인가 보네.'

나는 제주에 아는 사람이 많지 않았지만, 성함이 익숙해서 용기를 내어 대표님께 여쭤보았다.

"대표님, 혹시 저랑 만난 적 있으신가요?"

"글쎄요? 제가 제주지역사업평가단에도 있었고 해서 어쩌면 한 번 뵀을지도요…."

나는 기억을 더듬어 보았지만, 현 대표님을 어디서 만났는지 도무지 생각이 나지 않았다. 궁금하던 나는 쉬는 시간에 동생에게 문자를 보냈다.

"있잖아, 너 혹시 현홍준 대표님 알아?"

"어. 우리 대학원 선배님인데?"

"응? 진짜야?"

나는 그제야 현홍준 대표님의 성함을 어디서 들었는지 기억해 냈다. 동생이 대학원 다닐 때 함께 공부하던 선배님이셨고, 나는 동생에게 대표님의 성품이 워낙 좋으시다는 말을 많이 들었었는데…. 성함만 들었고, 얼굴은 뵌 적이 없어서 언젠가 내가 직접 만나게 될 거란 생각은 전혀 하지 못했었다.

그렇게 세미나에서 우연히 만나게 된 인연을 계기로 현홍준 대표님은 나의 첫 인터뷰 상대가 되어 주셨고, 첫 시작이 무난해서인지 그 후로 나는 수월하게 인터뷰를 진행할 수 있었다.

7. ISBN이 뭐예요?

그 뒤로 인터뷰는 순항하고 글도 꽤 모였지만, 나에게는 새로운 고민이 생겼다. 그것은 바로 책 만드는 법을 모르겠다는 것. 계속 글만 쓴다고 책이 저절로 만들어지는 건 아닐 것 같고, 뭔가 놓치고 있다는 느낌이 드는 데 그게 뭔지 몰라 답답했다. 포맷이 있어서 거기에 글을 업데이트하면 한결 수월할 것 같은 데, 그건 또 어디에 물어보면 좋을지….

'내가 아는 작가님은 없나? 아니면 출판 관련 일을 하시는 분들께 정보를 좀 얻으면 좋을 텐데….'

아무리 생각해도 마땅히 생각나는 사람은 없었고 그래도 어딘가 내가 생각하지 못한 누군가가 있을지도 몰라 골똘히 생각하다 보니, 언젠가 먼 친척 언니가 책을 출판했다는 소식을 들었던 게 생각났다. 나는 집안 어르신께 부탁해서 언니에게 연락을 취해 보았다. 통화에서 언니는 지금까지 몇 권의 책을 냈고 책이 잘 팔려서 여기저기 강의도 다닌다고 했다.

"대단하시네요, 언니. 요즘 출판시장이 어렵다던데⋯. 어떻게 그게 가능했어요?"

"음⋯. 나는 펀딩을 좀 받기도 했고, 다른 사람들이 따라 하기 힘든 전문 분야라서 좀 더 수월했던 것 같아. 잘 모르겠으면 일단 원고를 써봐. 쓰고 나면 유통하는 건 생각보다 어렵지 않아."

"그렇군요, 언니."

나는 아직 원고를 다 완성하진 못했지만, 그래도 어차피 알아야 할 건 언니에게 미리 물어보는 게 좋으니까⋯. 용기를 내어 유통에 관해서도 물었다. 내 질문을 들은 언니가 답했다.

"책을 유통하려면 일단 사업자등록번호가 있어야 해. 그래야 ISBN을 신청할 수 있거든."

"ISBN이요?"

생소한 용어를 들으니, 뭔가 좀 복잡한 세계로 들어가는 것 같은 느낌이 들었다. 아직 책을 쓰지도 못했는데 사업자등록과 ISBN이라니…. 나는 좀 당황스러웠지만 모르는 건 뭐든지 앞으로 차분히 알아가면 되니까 언니의 말은 일단 잘 필기해 두기로 했다.

나중에 찾아보니 ISBN이란 국제 표준 도서 번호(International Standard Book Number)로써, 국제적으로 표준화된 방법에 따라 부여하는 각종 도서의 고유 식별기호를 의미했다. ISBN을 신청하면 바코드 형태로 한 책당 13자리 고유 번호를 받을 수 있는데, 국립중앙도서관에 따르면 처음 도서를 출판하는 경우에는 도서 발행처가 발행자 번호를 발급받은 후에 출간 예정 도서의 도서 번호도 발급받을 수 있다고 했다.

하지만 발행자 번호를 받는 것은 국내 관할 시·구청에 출판사 신고가 완료되고 출판사 신고확인증을 발급받은 출판사만 가능하기 때문에 결과적으로 책을 유통하려면 사업자등록번호가 필요한 것이었다.

만약 이러한 절차가 너무 복잡하다고 생각된다면 ISBN 없이 책을 유통하는 방법도 있다. 독립출판에서 ISBN을 발급받고 안 받고는 작가의 선택에 따른 것으로 출판물을 찍어서 ISBN 없이 유통하는 경우도 많다. 하지만 온라인 서점에 유통하거나, 국립중앙도서관에 납본되어 책을 영구 보존하게 하고, 각종 도서관에도 비치하고자 하는 경우는 반드시 ISBN을 발급받아야 한다.

출판사를 등록하지 않고 ISBN만 발급받고 싶은 경우에는 발급 대행업체를 이용하면 편리하다. 발급 대행업체를 통하면 개인이 번거롭게 출판사를 등록할 필요 없이 일정액 수수료를 납부만으로도 손쉽게 ISBN을 발급받을 수 있다.

책 표지에 ISBN을 인쇄하는 경우, 출판문화산업 진흥법 제2조에 따르면 도서 판권지에는 저자, 발행인, 발행일, 출판사, ISBN을 기재해야 한다. 만약 ISBN 발급 대행을 통해 ISBN만 발급받았다면 판권지 출판사명에는 ISBN 발급 대행 업체명을, 발행인에는 그 업체의 대표자명을 기재하면 된다.

　나는 언니에게 궁금한 것은 추가로 더 질문해 보기로
했다.

　"언니, 혹시 책 쓰는 데 필요한 어떤 형식이나 책 만드
는 포맷 같은 게 있나요?"

　지금 생각하면 너무 기초적인 질문이지만, 당시 책 제
작 진도를 못 나가는 내게는 이 부분이 가장 큰 문제였
다. 갑작스러운 질문에 당황한 언니는 잠시 생각해 본 후
대답했다.

　"포맷? 그런 건 없는데? 책은 그냥 쓰면 되는데…."

　어떤 프로그램이 있어서 거기에 작성하면 참 좋을 텐
데, 그런 건 왜 없는 걸까? 분명히 책 크기나 글자 크기를
조절하고 책 만드는 방법은 따로 있을 것 같은데, 그건
어떻게 하는 걸까? 뭔가를 하면 할수록 머릿속에는 풀

리지 않는 의문만이 계속 쌓였다. 사실 내가 막막해했던 그 부분은 '인디자인'이라는 프로그램을 사용하면 쉽게 해결할 수 있는 것이었다. '포토샵'이 이미지를 편집하는 프로그램이라면 '인디자인'은 출력물을 편집하는 프로그램으로 책을 만들 때 유용하게 사용된다.

당시 내가 포맷이 있냐고 물었을 때 언니가 그런 게 없다고 했던 이유는 출판 방식의 차이 때문이었다. 언니는 출판사를 통해 책을 출판했기에 작가로서 원고만 넘기면 되었고, 나는 독립출판으로 책을 출판하려고 했기에 원고 쓰기부터 편집, 디자인 등 작가와 출판사가 나눠서 하는 걸 혼자 감당해야 했다.

그날 언니는 내게 많은 것을 말해주었지만 내가 워낙 초보였기 때문에 모든 걸 다 이해하진 못했고, 언니와의 통화를 끊고서도 나는 여전히 모든 게 막막하고 궁금했다. 하지만 그때까지 했던 작업을 포기하고 싶지 않았던 나는 지금은 비록 아무것도 모를지라도 나를 누르고 있는 무거운 마음만 잘 이겨내면 스스로 어떻게든 밀고 나

갈 수 있을 거란 생각을 하게 되었다.

'지금은 잘 모르지만, 어떻게든 부딪히면 알게 되겠지. 한 번 해보자. 내 방식대로. 이가 없으면 잇몸으로!'

그렇게 결심한 후, 책의 마지막 완성본이 궁금했던 나는 샘플 책을 한 번 만들어 보기로 했다. 책장에 꽂혀있는 책 중 만들고 싶은 크기의 책을 한 권 골라 사이즈를 재고, 한글 파일을 열어 원고를 편집했다. 맘에 드는 이미지를 골라 표지를 만든 후 인쇄해서 잘라 붙이니, 아직 미완성이긴 해도 제법 실제 책과 비슷한 느낌의 결과물이 나왔다.

'내 책이 이렇게 나올 거라니…. 뭔가 좀 뿌듯한데?'

그 뒤로 나는 원고를 완성할 때마다 샘플 책을 만들어 가방에 넣고 다녔다. 그렇게 하면 사람들에게 내가 만들 책에 관해 쉽게 설명할 수 있었고, 나도 곧 이런 책이 나올 거라는 확신을 가질 수 있어서 좋았다.

8. 당신만의 책 만들기 수업

그렇게 방법을 찾지 못하고 한글 파일에 주야장천 글을 쓰던 내게 어느 날 운명처럼 문자 한 통이 날아왔다.

"용희 씨, 지금 도서관에서 「당신만의 책 만들기」 수강생을 모집한대요."

문자를 살펴보니, 도내 한 도서관에서 원하는 사람에게 무료로 책 만드는 법을 알려준다고 했다. 계속 글은 쓰고 있지만 책을 어떻게 만드는 건지 모르는 내게 꼭 필요한 교육 같았다.

'세상에나, 책 만드는 걸 가르쳐주는 수업이 있었네?'

책을 만들고 싶은데 어떻게 시작하는지 모르는 경우는 인터넷 검색을 통해 가까운 도서관이나 동네 서점에서 모집하는 책 만들기 수업에 등록하면 훨씬 수월하게 도움을 받을 수 있다. 당시 책 만들기 수업이 있는지도 몰랐던 나는 처음 접하는 수업의 내용이 궁금해서 도서관 홈페이지를 통해 내용을 한 번 확인해 보기로 했다.

〈당신만의 책 만들기 수강생 모집〉

▷ 이런 분들께 추천해 드려요

◆ 언젠가 나만의 책을 만들어 보는 꿈을 갖고 계신 분

◆ 평범한 일상에 의미 있는 결과를 만들고 싶은 분

◆ 글, 그림, 사진 등 SNS에 보관만 해오던 콘텐츠를
   직접 책으로 만들어 보고 싶은 분

▷ 운영기간: 매주 월요일 10:00~12:30/총 10회
▷ 모집인원: 제주도민(성인) 20명

▷ 강의 신청 참고 사항 및 준비물 등

◆ 기본적인 컴퓨터 활용이 가능하신 분

◆ 글, 그림, 사진 등 자신만의 콘텐츠가 준비되신 분

◆ 인디자인 및 포토샵 설치가 가능한 노트북 필수!

◆ 인디자인 프로그램 구입 비용은 본인 부담(구독제)

◆ 잦은 결석 없이 적극적으로 참여할 수 있으신 분

'오, 이런 게 운명이란 건가? 이건 지금 내게 꼭 필요한 교육 같은데?'

나는 마치 뭔가에 홀린 듯 「당신만의 책 만들기」 수업을 신청하게 되었고, 그렇게 내 인생의 첫 책 만들기에 대한 도전이 시작되었다.

9. 소보로 선생님을 만나다

1

「당신만의 책 만들기」 수업은 총 10주간 진행될 예정이었고, 매주 월요일 아침 10시에 시작되었다. 첫 수업을 맞이하여 설레는 마음으로 강의실에 들어가던 나는 이미 많은 사람들이 강의실에 모여 있는 것을 보고 깜짝 놀랐다.

'책 만들기 수업이 원래 이렇게 인기가 많은 거야?'

그때까지 나는 제주의 출판업계에 대해 잘 몰랐었지만, 알고 보니 제주는 책에 대한 열기가 매우 뜨거운 곳이었다. 제주는 개성 넘치는 지역 서점이 많은 곳으로 유명하고, 책 산업이 관광산업과 연계되어 다른 지역보다 책방이 활성화될 수 있는 여건도 갖추어져 있으며, 화산섬과 용암동굴 등 다른 곳에서는 볼 수 없는 희귀하고 독특한 자원이 많은 까닭에 소재를 다양하게 발굴할 수 있어서 작가들도 왕성하게 활동하고 있다.

"안녕하세요? 여러분. 제 이름은 소보로입니다."

책 만들기 수업에서 나는 운명처럼 소보로 선생님을 만났다. 선생님은 힘든 시절 매일 먹던 소보로 빵에 위안을 받아 닉네임을 소보로로 지었다고 하셨다. 선생님은 그래픽 디자인도 잘하시고 사진도 잘 찍으시며 서점도 운영하고 계셨는데, 사진작가에서 글 작가로 글 작가에서 서점 주인으로 제주에 정착해서 예술을 즐기시는 선생님의 일상을 듣고 있자니, 나도 덩달아 자유로워지는 것만 같았다.

"여러분, 이렇게 만나 뵙게 되어 반갑습니다. 오늘 이곳에는 독립출판에 관심 많으신 분들이 오셨을 텐데요. 독립출판물은 비교적 만들기 쉬워서 개인도 쉽게 책을 만들 수 있다는 장점이 있죠. 혹시 여러분은 독립출판이 무엇인지 알고 오셨나요?"

독립출판은 기존 출판사와 서적 유통망을 활용하지 않고 개인이 출판 전 과정에 직접 참여해서 책을 만드는 것을 의미한다.

소보로 선생님께서는 독립출판을 통해 책을 만들면 실질적으로 여러 가지 이점이 있다고 설명해 주셨다. 독립출판은 인쇄물의 규격 즉 판형에서 자유롭고, 작가가 자신의 개성을 마음껏 표현할 수 있어서 출판 후에도 만족감이 높으며, 장르의 제한 없이 책을 출판할 수 있기 때문에 작가의 커리어에도 많은 도움이 된다고 하셨다.

나는 '책을 써서 어떤 도움을 받게 될 거다.' 하는 특별한 목적이 있어서 독립출판을 시작한 건 아니었지만, 선생님께서 책을 출판하는 건 여러 가지 이점이 있다고 하시니 책을 다 쓰고 나면 내 인생이 과연 어떻게 변할지가 자못 궁금해졌다.

"자, 이제 제 소개는 마쳤고요. 여러분도 각자 자기소개를 해보도록 할게요. 지금 기획하시는 책도 함께 말씀해 주세요."

사람들은 앉은 순서대로 자신을 소개했다. 소개를 듣다 보니 우리 반에는 타로 마스터, 농부, 화가, 심리상담

사 등 다양한 직군의 사람들이 모여 있었고, 나는 그분들께 책에 대한 다양한 아이디어를 들을 수 있어서 좋았다. 모두의 각기 다른 삶처럼 사람들은 저마다의 이유로 책을 만들고 싶어 했는데 어떤 분은 자신이 쇼핑하는 품목을 잡지처럼 만들어서 일상을 기록하고 싶다고 했고, 어떤 분은 제주에 자신만 알고 있는 샛길 지도책을 만들고 싶다고 했으며, 또 어떤 분은 얼마 전 다녀온 해외여행을 자세히 기록하고 싶다고 했다.

나중에 나는 책 수업에서 만난 사람들이 서로 인연이 되어 공동 작업으로 책을 출판한 사람도 많다는 사실을 알게 되었다. 책 수업에서는 평소라면 쉽게 만나지 못할 공동의 관심사를 가진 사람들을 만날 수 있기에 혼자서 책 만드는 게 너무 외롭고, 어렵게 느껴진다면 책 만들기 수업에서 다양한 사람들을 만나보는 것도 꽤 괜찮은 방법이라고 생각한다.

소보로 선생님은 수강생들의 자기소개가 끝나면 각자 만들고자 하는 책에 관한 1:1 피드백을 해주셨다. 내 차례가 되어 나는 지난가을부터 책을 쓰기 시작했으며, 인터뷰집을 만들고 싶다고 말했다. 발표를 가만히 듣고 계시던 소보로 선생님이 내게 물으셨다.

"저…. 용희 님. 이 수업은 총 10주의 수업인데요. 인터뷰집은 제작 기간이 오래 걸릴 것 같은데, 혹시 10주 안에 책을 다 완성할 수 있으신가요?"

생각도 못 한 질문에 나는 잠시 머리가 멍해졌다. 다시 생각해 봐도 인터뷰가 단기간에 끝날 것도 아니고 원고가 완성돼야 책을 만들 수 있는 건데…. 게다가 책 만들기 수업은 글쓰기를 배우는 수업이 아니라 완성된 원고로 책을 만드는 수업이어서 수업 시작 전 원고가 거의 준비되어 있어야만 했다.

'10주 안에 안 될 것 같은데…. 그럼 어떻게 하지?'

머릿속이 갑자기 복잡해졌다.

2

수업이 끝날 때쯤 선생님께서는 다양한 독립출판물을 책상에 놓으신 뒤 집에 가기 전 한 번씩 구경해 보라고 하셨다.

"독립출판물은 이렇게 바코드가 없는 책도 많아요. 여러분께서도 처음부터 너무 부담스러워 하지 마시고 마음을 가볍게 가져보세요. 완성본을 한 권만 찍어서 누군가에게 선물해야겠다고 생각하는 것도 여러분이 책을 끝까지 만드시는 데 도움이 될 겁니다."

선생님께서 꺼내신 독립출판물을 살펴보니 세상에는 정말 자유로운 형식의 책이 많다는 걸 알게 되었다. 어떤 책은 작가가 그림판으로 자신의 직장생활을 그림일기 형식으로 만들었고, 어떤 책은 경주 여행 경험을 흑백으로 인쇄한 책도 있었다.

독립출판물은 기존 대형서점에서 보던 진지한 느낌의 책들과는 달라서 신선하기도 하고 조금은 충격적이었다. 책을 구경하다 보니 자연스럽게 나는 독립출판물의 창의성과 자유로움에 매료되어 버렸다.

"아직 책 주제를 정하지 못하신 분들은 제주 관련 콘텐츠를 한 번 기획해 보시는 것도 좋을 거예요. 여행지나 여행 테마를 주제로 한 책들이 반응이 좋거든요. 제주 관련 책으로만 서가를 꾸미는 서점도 많고요."

'그것참 괜찮은 생각인 것 같은데?'

생각하고 있을 때쯤 뒤에서 누군가 물었다.

"선생님, 혹시 책을 출판하는 데는 돈이 많이 드나요? 인쇄비는 모두 개인이 부담하는 거죠?"

출판사를 통해 출판하면 작가는 일정액의 수수료를 받고 출판에는 관여하지 않는 것으로 알고 있는데…. 독립출판은 개인이 모든 비용을 부담하는 걸까?

"네. 독립출판은 인쇄부터 유통까지 모두 개인 비용으로 하는 거예요. 최종비용은 책 제작 사양을 어떻게 하느냐에 따라 달라지고요."

소보로 선생님은 잠시 후 책 한 권을 손에 들고 말씀하셨다.

"책을 잘 만들기 위해서는 자신이 만들고자 하는 제작 사양을 비슷하게 구현한 샘플 책이 필요한데요…. 다음 수업 때까지 도서관이나 서점에 가서 본인이 만들 책과 비슷한 책을 선정해서 가져오세요. 그리고 출판기획서도 작성하셔서 게시판에 올려주시고요."

나는 소보로 선생님의 말씀을 듣고, 집에 가서 출판기획서를 다시 쓰면서 어떤 책을 만들지 생각을 정리해 보기로 했다.

<출판기획서 2단계: 경쟁 도서 분석>

도서관이나 서점에서 만들고 싶은 책과 가장 비슷한 책을 한 권 고르신 후 적어보세요.

1. 나는 왜 이 책이 마음에 들었나요?

_____

_____

_____

2. 이 책의 차별화 요소는 무엇일까요?

_____

_____

_____

3. 이 책의 판형은 어떻게 되나요?

1) 가로(mm): _____

2) 세로(mm): _____

_____

4. 이 책의 장점과 단점은 무엇일까요?

_____

_____

_____

5. 경쟁 도서 분석에서 떠오른 아이디어가 있다면?

_____

_____

_____

10. 출판 후 열리는 새로운 세계

1

집으로 돌아온 나는 출판기획서 파일을 열었다. 벌써 몇 번째 책 콘셉트만 구상하고 있는 건지 잘 모르겠지만, 이쯤 되니 출판기획서 쓰는 것도 슬슬 익숙해지는 것만 같다.

'나도 제주 여행과 관련한 책을 만들면 어떨까?'

이런저런 생각을 하다가 문득 앞서 제작하려다 덮은 '드로잉 북'이 생각났다. 드로잉북을 기획할 때 나는 제주의 사계를 모티브로 계절에 맞는 여행지를 조사하고 시도 많이 썼었는데…. 아이디어를 떠올려보기 위해 예전에 저장해 놓았던 파일을 열었다.

'오? 이걸 어떻게든 다시 작업하면 될 것 같은데?'

놀랍게도 드로잉북 원고는 시와 관광지 소개 글이 많아 잘만 수정하면 새로운 콘셉트의 여행책을 만들 수 있을 것 같단 생각이 들었다.

'작가로 살아가려면 뭐든 계속 쓰면 되는구나. 엎어져서 다시는 쓸 일 없을 것 같던 이 원고가 이렇게 다시 쓰일 줄이야…?'

나는 작가가 되려면 무조건 일상을 글로 써야 한다는 단순하지만, 소중한 사실을 깨달았다. 그리고 그때부터 잘 쓰든 못 쓰든 상관없이 생각나는 것은 모두 적어 놓기 시작했다.

2
'그럼, 출판기획서를 다시 써볼까?'

출판기획서 작성에 앞서 차분히 생각해 보니, 내가 삼의악에 갔다가 노루를 만난 것처럼 제주에서 우연히 야생동물을 만나는 이야기를 써도 재밌을 것 같았다.

걷기를 좋아하는 나는 지난 몇 년간 제주 곳곳을 걸으며 야생동물을 자주 만났었는데…. 만날 때는 신기해도 별다른 의미 없이 지나쳤지만, 막상 글을 쓰려고 보니 모든 경험이 다 좋은 소재가 되는 것 같았다.

제주 곳곳을 돌아다니다 보면 도시에서 좀처럼 보기 힘든 꿩, 노루, 달팽이, 토끼, 돌고래, 백로, 딱따구리를 아직도 볼 수 있는데, 동물들은 예고 없이 출몰하기에 우연히 만나면 반갑고 비현실적인 느낌이 들어서 도무지 믿어지지 않는다. 심지어 '꿩' 같은 친구들은 행동이 웃겨서 볼 때마다 큰 웃음을 주기도 한다.

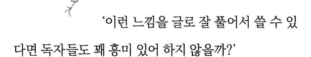

'이런 느낌을 글로 잘 풀어서 쓸 수 있다면 독자들도 꽤 흥미 있어 하지 않을까?'

그렇게 나는 제주에서 우연히 야생동물을 만나는 경험을 주제로 책을 쓰기로 했다. 그리고 기왕이면 여행지에서의 느낌을 적은 에세이, 찾아가기 주소, 장소 사진 그리고 짧은 시 한 편으로 한 챕터를 구성한다면 책의 내용도 풍성해지고 좋을 것 같았다. 나는 새로 만든 출판기획서가 마음에 들어서 수업 시간에 발표하면 사람들의 반응이 어떨지가 궁금해졌다.

3

드디어 월요일 아침. 소보로 선생님의 두 번째 수업이 시작되었다. 본격적인 수업에 앞서 선생님은 우리에게 질문을 던지셨다.

"여러분, 책을 출판하게 되면 여러분의 생각이 어떻게 변화할지 알고 계시나요?"

선생님의 질문에 우리는 모두 고개를 갸우뚱했다.

"아직은 감이 잘 오지 않으시겠지만, 책을 만들게 되면 여러분은 독자의 입장에서 생산자 입장으로 변화하게 됩니다. 그래서 출판하고 나면 다들 새로운 세계가 열린다고 하죠."

선생님께서는 책을 출판하고 나면 시야가 확장되면서 개인이 경험하는 모든 게 책의 소재가 되고, 책을 쓰면서 끊임없이 자신을 찾아가게 되는 자기 치유와 성장을 경험하게 된다고 하셨다.

당시 나는 선생님께서 무슨 말씀을 하시는 건지 제대로 알지 못했지만, 책을 출판해 보고 나니 이제 그 뜻을 조금 알 것도 같다.

"여러분, 우리가 책을 쓰는 목표가 노벨 문학상을 받으려는 건 아니잖아요? 마지막까지 열심히 해서 모두 책 한 권씩은 만들어보도록 합시다. 지난 시간에 숙제로 내드렸던 출판기획서도 작성해 오셨죠? 그럼, 이제 돌아가면서 한 분씩 발표해 볼게요."

선생님 말씀에 사람들은 차례로 발표를 시작했다. 한 주간 깊게 고민해서인지 지난주보다 훨씬 다양한 아이디어가 나왔다. 어떤 분은 왜 매번 자신이 미안해하는지에 관한 책을 만드신다고 했고, 어떤 분은 농사를 지으

며 무럭무럭 자라나는 애호박의 성장 일기를 책으로 만
드실 예정이라고 했다.

사람들은 어떻게 이런 기발한 생각을 하는 걸까? 무
한한 생각의 자유로움이 독립출판의 매력이라면 앞으로
나는 독립출판을 무지 사랑하게 될 것만 같다.

드디어 내 차례가 되었다. 나는 제주를 걷다가 우연히
야생 동물을 만나는 이야기를 책으로 쓸 예정이라고 했
다. 또한 책을 최대한 아기자기하고 귀엽게 만들어 제주
에서만 살 수 있는 기념품처럼 판매하고 싶다는 말도 덧
붙였다.

내 마음에는 들었지만 사람들이 출판기획서를 어떻게
생각할지를 몰라서 반신반의하며 발표했는데, 호응이
좋아 나도 모르게 기분이 좋아졌다. 발표를 마친 후 나
는 사람들에게 물었다.

"야생동물을 만나는 이야기로 책을 쓰다 보니 원고가 충분하지 않아서요⋯. 혹시 걷다가 우연히 야생동물을 만날 수 있는 장소를 아시면 추천 좀 해주세요."

그때 발표를 흥미롭게 듣던 어떤 분이 소리치셨다.

"도두봉에 가면 닭이 있어요."

대체 왜 닭이 도두봉에 있는 걸까? 그리고 닭을 야생동물이라 할 수 있는 걸까? 나는 아주 잠시 고민했지만, 써놓은 원고의 양이 워낙 적었기 때문에 야생에서 동물을 만나면 모두 야생 동물로 생각하기로 하고, 수업이 끝난 후 바로 도두봉으로 향했다.

11. 가자! 수탉 찾으러

도두봉에 도착한 나는 어디서부터 닭을 찾아야 할지가 막막했다.

'대체 여기서 어떻게 닭을 찾지?'

생각해 보니 나도 참 어이가 없었다. 내가 지금 여기서 뭘 하고 있는 걸까? 황당한 마음에 헛웃음이 나왔다. 책을 쓰겠다고 야심 차게 시작한 내가 책은 완성도 못 하고, 도두봉에 닭을 찾아오다니…. 나는 지금 상황이 믿어지지 않았지만, 그래도 오늘만큼은 마음을 가다듬고 닭을 꼭 찾아보기로 했다.

막막한 마음으로 가장 먼저 향한 곳은 정상이었다. 하지만 정상 여기저기를 둘러보아도 닭은 좀처럼 보이지 않았고, 멀리 보이는 한라산과 날아가는 비행기, 흐드러지게 핀 벚꽃만이 장관을 이루고 있었다.

'경치가 정말 멋진데? 봄은 대체 언제 온 걸까?'

분명 책을 쓰기 시작한 건 가을이었는데, 나도 모르는 사이 계절은 어느새 봄으로 바뀌어 있었다. 그래도 일 년에 단 몇 주간만 아름답게 볼 수 있는 벚꽃을 보고 있자니 오늘 도두봉에 온 게 행운처럼 느껴지기도 했다.

　'그래, 경치 참 아름답네. 오늘 닭을 못 찾더라도 도두봉에 벚꽃 구경 왔다고 생각하면 되겠지, 뭐.'

　그렇게 생각하고 마음을 비우니, 나도 모르는 힘이 생겼다. 나는 닭이 아래쪽에 있나 싶어 도두봉을 내려갔다가 아래쪽에서도 닭을 찾지 못해 능선을 타고 옆으로 돌았다. 하지만 도두봉 여기저기를 아무리 돌아다녀도 좀처럼 닭이 살 만한 장소는 없어 보였고, 혼자서는 도저히 닭을 찾지 못할 것 같아서 나는 사람들에게 닭의 행방을 물어보기 시작했다. 창피함을 무릅쓰고 어렵사리 입을 뗀 나의 노력이 무색하게도 사람들은 오히려 내게 놀란 표정으로 되묻기만 했다.

　"닭이요? 여기 닭이 있대요?"

결국 도두봉에서 닭을 찾는 일은 맘처럼 되지 않았고, 나는 계속 허탕만 치다가 반쯤 포기한 채로 터덜터덜 걸어 내려왔다. 그러다 또 아쉬워져 도두봉 중턱에서 돌아선 나는 마지막으로 몇 사람에게만 더 물어보고, 그래도 안 되면 진짜로 포기하고 집에 가야겠다고 생각했다.

아무래도 도두봉에 자주 오시는 분들이 닭이 있는 곳을 잘 알지 않을까 하는 마음에 나는 편한 복장을 한 분들께 집중적으로 물었고, 때마침 지나가던 한 분이 내게 대답하셨다.

"닭이요? 닭은 제가 잘 알지요. 아래쪽으로 내려가서 표지판에서 왼쪽으로 길게 돌아가면 있어요."

나는 당연히 모른다고 말씀하실 줄 알았는데 아신다니 놀라워 그분께 다시 여쭈었다.

"정말 닭이 어디 있는지 알고 계세요? 아래쪽 입구에 있는 표지판이요? 그리고 다음엔 어디로 가면 돼요?"

나는 닭의 소식을 듣게 되어 반가운 마음에 목소리가 커졌지만, 위치만 듣고는 닭이 있는 곳까지 혼자 찾아갈 자신은 없었다. 그분은 내 표정을 살피시더니 마치 마음을 읽은 듯 말씀하셨다.

"그러면 저랑 같이 갑시다. 어차피 여기 운동하러 왔으니까…. 아래쪽으로 같이 내려가면 됩니다."

그렇게 나는 내가 왜 여기서 닭을 찾는 건지에 대한 어떠한 설명도 하지 못한 채, 그분과 도두봉에서 닭을 찾는 여정을 시작하게 되었다. 그분의 성함은 미처 여쭤보지 못해서 이후로 나는 그분을 '도두봉에서 만난 이'라고 부르기로 했다.

"닭은 원래 자신의 생활 반경을 잘 벗어나지 않아요. 닭을 만나려면 닭을 기다리는 게 아니라 우리가 직접 찾아가야 하는 거죠."

도두봉에서 만난 이는 내게 닭의 습성에 대해 말씀하

시며 수탉이 있는 곳으로 안내해 주셨다. 그분과 함께 이야기를 나누며 조금 걷다 보니, 거짓말처럼 동백나무 아래에 수탉 한 마리가 앉아 있었다. 그분은 수탉을 보자마자 안타까운 듯 말씀하셨다.

"원래 여기에 암탉도 있었는데…. 어느 날 암탉이 없어진 뒤로 얘가 영 힘이 없어요."

그분 말씀을 듣고 다시 동백나무 아래에 있는 수탉을 바라보니, 어쩐지 표정이 좀 처량해 보이는 것도 같았다.

수탉은 원래 운동성이 없는 건지 아니면 정말 암탉이 없어져서 우울해서 그런 건지 모르겠지만, 수탉은 거짓말처럼 그 자리에 그림 같이 앉아 있었고, 나는 증명사진 찍듯 쉽게 수탉 사진을 찍었다. 그렇게 한참 사진을 찍는 내 모습을 보고 지나가던 사람들이 수군거렸다.

"닭이 있네? 여기에 왜 닭이 있는 거야?"

나 역시 여기에 닭이 왜 있는지가 궁금했지만, 도두봉에서 만난 이도 그 이유는 모르시는 듯했고…. 닭 옆에 그릇이 놓여 있는 것으로 보아 동네 주민들이 수탉을 살뜰히 보살펴 주시는 것 같아 마음은 놓였다. 수탉 사진을 다 찍은 나는 그대로 집으로 돌아가긴 아쉬워서 도두봉에서 만난 이에게 물었다.

"여기 도두봉 말고 근처에 또 관광할 데가 있나요?"

"네, 그럼요. 저는 이쪽 무지개 해안으로 다니는 데, 여기서부터 무지개 해안 끝 유명한 돈가스집까지 걸으면 딱 좋지요."

그렇게 도두봉에서 만난 이는 내게 해안도로 곳곳을 안내해 주셨고, 우린 함께 걸으며 이런저런 이야기를 나누었다. 특이하게도 그분은 나의 말에 정성껏 대화를 해 주시고, "네"라는 대답도 활기차게 하셨다. 어느 책에서 세상이 자신에게 요구하는 것을 "네"라고 또렷하고 긍정적으로 대답하는 사람은 복을 쉽게 받는다고 하던데….

얘기를 듣다 보니 그분은 젊을 때 열심히 모으신 돈으로 지금은 일 년에 100번 정도 배낚시를 즐기신다고 했다. 내가 돈을 벌지 않고 모은 돈으로만 여유를 즐기면 노후에 걱정되는 부분은 없는지를 여쭤보았더니, 도두봉에서 만난 이는 웃으며 대답하셨다.

"젊었을 때 많이 벌어 놓아서 지금은 여유로운 생활이 가능하지요."

나는 배낚시를 즐기시고, 내가 어쩔 줄 모를 때 우연히 나타나서 도움을 주시고 해서, 혹시 그분이 도두봉에 사는 신선이 아닐지 하는 생각을 하게 되었다.

평범한 일상에 우연히 만나는 인생 선배와의 만남이 소중해서 그런 건지, 아니면 내가 정말 도두봉에 사는 신선을 만나게 된 거로 생각해서 그런 건지는 잘 모르겠지만, 어쨌든 나는 평소에 궁금했던 것들을 그분께 여쭤보기로 했다.

"제가 정말 하기 싫은 일이 있는데요…. 저의 커리어를 생각하면 꼭 해야 하는 일인데, 그럴 땐 어떻게 하는 게 좋아요?"

우문현답이라고 했던가? 갑작스럽고 뜬금없는 질문에도 그분은 친절히 웃으며 대답하셨다.

"하기 싫은 건 다 이유가 있을 텐데요? 억지로 하려고 하면 탈이 나죠."

"그럼, 새로 하는 일이 익숙하지 않아 끝까지 완주하지 못할까 봐 두려울 때는요?"

그분은 잠시 생각하시더니 곧 말씀하셨다.

"끈기를 가지고 하면 못 할 것도 없지요."

"그럼, 이런 일은 이런 점 때문에 못 할 것 같고, 저런 일은 저런 점 때문에 못 할 것 같은 때는요?"

쏟아지는 질문에 내 눈을 천천히 바라보시던 그분은 내 마음속 두려움을 읽으신 듯 천천히 대답하셨다.

"너무 어려워하지 말고···. 차근차근하다 보면 다 될 거예요."

그분의 마지막 말씀이 뇌리에 또렷이 박혀서 심장에 용기를 전해주는 듯했다. 그동안 맘속에만 쌓여있던 질문을 입 밖으로 꺼내고 나니, 내가 새로운 도전을 너무 두려워하고 있다는 걸 알게 되었다.

결국 책 쓰는 것의 장점은 이런 건가 보다. 평범한 일상에 오늘처럼 특별한 일이 생기는 것.

짧은 만남이었지만, 도두봉에서 만난 이에게 나는 많은 것을 배웠다. 특히 어떤 질문에도 부정적인 대답을 하지 않고, 부정적인 대답을 해야 하는 상황에서는 아예 말을 아끼고 침묵하는 그분의 태도는 인상적이었다. 잠시 만났을 뿐인데도 좋은 분과 함께 있으니 내 마음은 한결 평온해졌고, 마음이 평온해지니 많은 것을 중립적으로 볼 수 있어 좋았다.

'부정적인 생각을 하면 감정에 내 마음이 딱 붙어버려서 뭔가 조급해지지만, 긍정적인 생각을 하면 감정과 마음이 떨어져서 자신을 좀 더 객관화시켜서 볼 수 있는 여유가 생기는 걸까?'

도두봉을 다녀와서 나는 좀 더 긍정적으로 생각하고, 긍정적으로 반응하는 습관을 들여야겠다고 다짐했다. 그리고 앞으로는 오늘처럼 책을 계기로 뜻하지 않은 좋은 인연을 만나 함께 이야기를 나눌 수 있는 일들이 더 많아졌으면 하고 바랐다.

우리 함께 써봐요

<출판기획서 3단계: 내 책을 잘 표현하기>

이제 곧 멋진 출판기획서가 완성될 거예요!

I. 내 책의 기획 의도는 무엇인가요?

_____

_____

_____

2. 내 책의 핵심 콘셉트는 무엇인가요?

_____

_____

_____

3. 책의 목차는 대략 어떻게 구성할 건가요?

_____

_____

_____

4. 내 책의 판형은 어떻게 할 건가요?

1) 가로(mm): _____

2) 세로(mm): _____

_____

5. 내 책의 차별화된 마케팅 포인트는 무엇인가요?

_____

_____

_____

12. 사진 촬영 특급 노하우

책의 내용이 어느 정도 쌓여가고 모양도 제법 갖추어져 갈 때쯤 나는 다시 고민에 빠졌다. 그림을 그리거나 사진을 넣어서 책을 아기자기하고 예쁘게 꾸며보고 싶었는데, 좀처럼 좋은 아이디어가 떠오르지 않았기 때문이었다. 이런저런 고민 끝에 나는 사진 촬영에 한 번 도전해 보기로 했다.

그렇게 야심 차게 시작했지만, 처음 시작하는 내가 책 콘셉트에 딱 맞는 사진을 찍기란 정말 쉽지 않았다. 일단 야생동물을 만나기 어려웠고, 어렵게 야생동물을 만나더라도 움직임이 빨라서 내가 사진을 찍으려고 핸드폰을 켜는 순간 이미 다 도망가 버리고 없었다. 가까스로 철새나 꾀꼬리, 노루, 꿩을 만나더라도 핸드폰으로는 사진이 제대로 나오지 않았다.

'줌을 아무리 당겨도 사진이 제대로 나오지 않는 걸 보면 아무래도 핸드폰으로는 야생동물을 찍을 수 없는 것 같은데?'

노꼬메오름 근처에서 새끼 노루들이 노는 걸 보고 급히 사진을 찍으려다 팬스레 잘 놀던 노루들을 놀라게 하고 흐릿한 사진만 잔뜩 들고 집으로 돌아온 어느 날, 나는 평소 친하게 지내는 사진작가님께 연락드렸다.

"작가님, 안녕하셨어요? 저는 요즘에 책 만든다고 야생동물 사진 찍으러 여기저기 다녀보고 있는데요. 오늘은 노루를 봤는데 줌이 안돼서 못 찍었어요."

나는 오늘 찍은 흐릿한 노루 사진을 사진작가님께 보냈다. 내 사진을 본 작가님께서 곧 대답하셨다.

"용희 님, 렌즈가 몇 mm짜리 인지 몰라도 동물 촬영은 300mm 정도 망원렌즈가 필요할 듯하네요. 책에 실을 사진이라면 스마트폰은 안 되고, DSLR을 사야 하는데, 본체, 렌즈, 삼각대 정도면 신품 기준 중저가로 해도 대략 300~400만 원 정도가 들 것 같은데요. 거기다 사용법도 배워야 하고···. 근데 용희 님 책 콘셉트가 뭔가요?"

나는 그동안 써놨던 원고를 사진작가님께 보냈다.

"이런 건 적어도 300mm로 찍어야 할 것 같은데요? 덜컥 사지 말고 대여해 보는 것도 추천해 드려요. 사진을 잘 찍으려면 렌즈도 카메라와 맞아야 하고요. 카메라 브랜드에 따라 맞는 렌즈가 다르니 카메라 본체를 갖고 가서 새나 동물을 찍을 거라고 하고 맞는 렌즈를 빌려야 해요. 아마 삼각대도 있어야 할 듯합니다."

곧 사진작가님의 장비를 찍은 사진 한 장이 도착했다.

"이게 기본 장비고요. 카메라에 장착된 렌즈는 24~85mm 줌렌즈, 옆에 긴 렌즈는 300mm 망원렌즈와 삼각대예요."

'뭔가, 쉽지 않네. 이것 좀 오래 걸릴 것 같은데?'

"오늘 보내 준 사진을 보니까 우선 용희 님은 기초를 좀 배우고 해야 할 듯합니다."

이후 고맙게도 사진작가님은 내게 사진 촬영 매뉴얼을 보내주셨다. 매뉴얼에는 1번부터 14번까지 작가님이 평소 사진을 찍으면서 정리한 특급 노하우가 정리되어 있었다. 주의 깊게 글을 읽던 나는 우선 14번부터 먼저 해야겠다고 생각했다.

「14. 본인의 카메라나 스마트폰의 기능을 숙지한다.」

13. 독자에서 책 디자이너로

1

동물을 만나는 이야기와 여행지 소개로 책을 만들다
보니, 실제 야생동물을 만났던 여행지에 대해서만 글을
쓸 수 있어서 소재가 제한적이었고 글의 분량이 적었다.
어떻게든 글을 더 쓰기 위해서는 야생동물을 만나야 했
는데 사람들에게 수소문해서 야생동물이 자주 출몰한
다는 장소에도 여러 번 찾아가 보았지만, 동물들과는 미
리 만날 약속을 정할 수 없는 까닭에 아무도 만나지 못
하고 허탕만 치고 돌아오는 날이 더 많았다.

그러다 보니 책은 점점 기획 의도에서 벗어났고, 원래
출판기획서대로라면 여행지 관련 에세이와 찾아가기 주
소, 사진 그리고 짧은 시 한 편으로 한 챕터를 구성하기
로 되어 있었는데, 만들다 보니 글의 분량 때문에 시의
비중을 대폭 늘리기로 했다.

책을 만들 때는 글을 모두 써 놓고 목차를 구성한 뒤
탄탄한 원고를 가지고 디자인 작업을 해야 완성도 있는
책을 만들 수 있는데, 당시 나는 이 부분을 놓치고 있었

고, 최종 결과물이 시집처럼 만들어질 거란 생각이 들었던 나는 도서관에 가서 참고할 만한 디자인이 있는지를 조사해 보기로 했다.

이리저리 시집을 살펴보니, 색연필 일러스트로 된 책이 귀엽고 아기자기한 느낌이 나면서도 부담 없이 읽기 좋아 보여서, 나도 색연필 일러스트를 넣어 책을 만들어 보고 싶었다. 하지만 책 한 권을 모두 색연필 그림으로 채울 자신 없던 나는 주로 사진을 활용하고, 일러스트는 장식처럼 군데군데 넣기로 결정했다.

그렇게 마음은 정했지만, 디자인에 고민이 많았던 나는 미술을 전공한 친구들에게 도움을 좀 청하기로 했다. 내 요청에 친구들은 그림을 보내주었고, 그렇게 작업을 반복하던 나는 문득 몇 가지 중요한 사실을 깨달았다.

첫째는 그림 작가에게서 받은 그림이 아무리 좋더라도 책의 전반적인 콘셉트와 맞지 않으면 그림을 사용하기 어렵다는 것이었다. 글에도 문체가 있는 것처럼 그림에도 그림체가 있어서, 그림체가 책의 문체와 잘 어울리는 게 가장 중요했다.

둘째는 책에 그림을 넣을 때 첫 장부터 마지막 장까지 그림체가 일정해야 하는데, 페이지마다 다른 작가의 그림을 넣으면 책의 집중도와 세련미가 떨어졌다.

마지막으로 책의 완성도가 떨어지는 게 싫어서 그림 작가에게 일러스트를 부탁하면 책 제작 비용이 너무 커졌고, 그림체가 너무 화려해도 책의 내용이 눈에 잘 들어오지 않는 문제가 발생했다.

'내게 필요한 건 문체와 어울리는 그림인데…. 이거 참, 쉽지 않네? 결국 그림은 내가 그려야 될 것 같은데…?'

이런저런 고민 끝에 나는 그림을 한 번 그려보기로 했다. 집에 있는 연습장을 꺼내 수성펜으로 그리고 색연필로 칠해 보았다.

'이게 잘 될 그림인가? 아닌가?'

나는 그림을 자세히 살펴보았지만, 내 그림이 어떤지
전혀 감이 오지 않았다. 언뜻 보기엔 괜찮은 것 같지만
그림을 컴퓨터로 옮겨서 책에 넣는 게 가능할지는 미지
수였고, 이 그림들이 책에 잘 어울릴지 또한 의문이었다.

'답답하지만 그냥 그려보자. 경험이 없으니…. 아무것
도 모르겠네?'

그림을 누군가에게 부탁할 수 없었던 나는 주말 내내
열심히 그렸다. 최대한 많은 그림을 그려놓고, 수업 시간
에 소보로 선생님께 그림을 컴퓨터로 옮기는 방법을 배
울 수 있었으면 좋겠다고 생각했다.

2

다음 월요일이 되어 나는 소보로 선생님께 여쭈었다.

"선생님, 제가 주말에 그림을 좀 그려보았는데요. 혹

시 이 그림들을 책에 넣을 수 있나요? 집에 스캐너가 있긴 한데…. 일반 스캐너는 화질이 너무 안 좋게 나오고, 전문가용 스캐너는 어디서 빌릴 수도 없고요. 스캐너 없이도 그림을 컴퓨터로 전송할 좋은 방법이 있나 해서요."

"그럼요. 좋은 방법이 있죠. 전문가용 스캐너가 없을 때는 이렇게 핸드폰으로 찍어서 포토샵으로 작업하는 게 좋아요."

선생님은 그 자리에서 그림을 핸드폰으로 찍으시더니, 컴퓨터로 전송해서 포토샵으로 편집하는 다양한 방법을 알려주셨다. 또한 그림을 저장할 때 투명 배경으로 만들기 위해서는 psd 파일로 저장하면 된다는 말씀도 덧붙이셨다. 마지막으로 소보로 선생님은 그렇게 만든 psd 파일을 인디자인으로 보내서 책 페이지 디자인에 활용하는 법도 알려주셨다.

그렇게 선생님께 많은 것을 배우고 나니 그림을 그리

면서도 기술적인 부분을 어떻게 할지 몰라 고민스러웠던 것들이 한 방에 해결되어서 좋았다.

소보로 선생님의 가르침 덕분에 그 후로 나는 좀 더 다양한 방식으로 그림을 그릴 수 있었다. 처음에는 사인펜으로 스케치하고 수채 색연필로 칠하는 방식으로만 그렸지만, 이후에는 물감으로 배경을 칠하고 스케치북 재질과 라이너 굵기도 바꿔 보면서 글과 어울리는 그림체를 적극적으로 찾아보기도 했다.

그렇게 반복적으로 작업하다 문득 깨닫게 된 것은 독자는 책 디자인보다 글이 더 중요하고, 디자인은 처음부터 끝까지 한 번 보고 느낌이 좋다 나쁘다 하는 정도만이 중요하지만, 책 디자이너는 독자가 쓱 넘길 때 잠깐의 그 걸림 없는 느낌을 찾아서 반복적이고 섬세한 작업을 수행한다는 것이었다. 그리고 그 작업은 숙련되기까지 꽤 오랜 시간이 걸렸다.

<책 쓰는 순서>

1. 출판기획서를 쓴다.
2. 글을 쓴다.
3. 책의 주제가 잘 드러나도록 목차를 정하고,
   글의 순서를 정한다.
4. 문장과 문장, 단락과 단락, 챕터와 챕터가
   잘 연결되는지 보고, 세심하게 글을 수정한다.
5. 책의 주제가 잘 드러나는 완성된 원고를 만든다.
6. 원하는 판형을 정하고 인디자인을 이용해서
   글과 어울리는 책 디자인을 구현한다.
7. 책의 내지와 표지를 각각의 pdf 파일로 만든다.
8. 인쇄소에 가제본 주문을 넣는다.
9. 가제본을 확인하고, 책을 다시 수정한다.
10. 본 출력 주문을 넣는다.

\<디자인 tip\>

1. 책의 첫 장부터 끝까지 일관된 분위기를 낸다.
2. 그림체와 문체, 사진의 톤을 일관되게 한다.
3. 디자인이 너무 튀면 글이 묻힐 수 있으니 주의해야 한다.

\<글쓰기 tip\>

1. 작가가 되기로 마음먹었으면 어쨌든 글을 쓴다.
2. 매일 같은 시간에 글을 쓰면 더 좋다.
3. 집중이 잘되지 않아도 포기하지 않고 쓴다.
4. 사소한 일도 일단 다 쓴다.
5. '이런 것까지 써야 해?'라는 생각이 들더라도 꼭 써 놓으면 언젠가는 다 쓸 일이 있다.

14. 나만의 자유로움을 표현하기

1

이제 책의 진도는 어느덧 후반으로 달려가고 있었다. 그간 나는 글도 많이 쓰고 그림도 많이 그렸지만, 책을 만들면 만들수록 책이 과연 팔릴지, 독자들은 내가 만든 책을 어떻게 생각할지가 궁금해졌다.

나는 주변 친구들에게 책이 어떤지 한번 물어보는 게 좋겠단 생각으로 내게 처음으로 책을 써 보라고 권했던 진희 님을 찾아갔다.

"진희 님, 이제 책이 거의 완성되고 있는데요. 보시고 느낌이 어떤지 말씀해 주실 수 있으세요?"

원고를 살펴본 뒤 진희 님은 말했다.

"용희 님, 제가 보기엔 책 내용도 담백하고 좋은 것 같습니다. 그런데 페이지 수가 너무 적은 것 같은데…. 그건 괜찮은 건가요?"

역시 책을 좋아하는 사람의 눈에는 예리하게 많은 것이 보이나 보다. 사실 나도 책을 쓰면서 글이 너무 짧은 것 같긴 했지만, 독립출판에는 정해진 분량은 없다고 하기에 140~150페이지 분량으로 만들어 본 거였는데…. 아무래도 사진과 시 위주로 만들어진 책에서 이 정도 분량은 짧아도 너무 짧았던 것 같다. 나는 진희 님에게 대답했다.

"제가 앞으로 장소를 두세 군데 더 취재하면 한 160페이지 정도에서 마무리할 수 있을 것 같긴 한데요. 사실 비용이 고민이에요. 책값이 너무 비싸지면 독자들도 구매하길 꺼리신다고 하던데…. 아무래도 책 두께에 따라 비용이 달라지니까 책 분량을 어떻게 하는 게 좋을지 저도 감이 오지 않네요."

확실히 책을 제작하게 되면 판형과 종이 재질, 디자인을 고심하는데 많은 에너지를 쓰게 되는 것 같다. 책을 만들 때는 글자 크기와 판형 등을 조절하여 같은 분량의 글을 담았을 때 책 디자인이 세련되게 나오게 하는 게 중요한데, 결국 이 말의 의미는 들인 노력과 비용 대비 결과물의 디자인적 성능과 판매효율이 높아야 한다는 뜻이다. 나중에 알게 된 것이지만, 대략 정가에서 인쇄비를 50% 이하로 낮춰야 유통비를 제하고 그나마 작가에게 수익이 남는다고 한다. 하지만 그렇게 하려면 종이를 적게 쓰거나, 인쇄를 흑백으로 해서 비용을 낮추면서도 책이 세련되게 보이게 하거나, 책 판매 부수를 높여야 하는데, 막상 해 보니 그 모든 게 좀처럼 쉽게 구현되는 것은 아니었다.

어떻게든 나를 도와주고 싶었던 진희 님은 말했다.

"용희 님, 제 생각엔 두툼한 종이를 쓰면 전체적으로 책이 더 두껍게 보일 것 같긴 한데, 그래도 지금 분량은 너무 짧다는 느낌이 드는데요? 이왕 책을 내시니까 내용을 좀 더 늘리면 어떨까요?"

그렇게 나는 진희 님의 얘기를 듣고 책 분량을 다시 고민해 보기로 했다.

2

다음으로 나는 혜수 언니를 찾아갔다. 혜수 언니는 예고를 나와 미대를 졸업해서 그림에 대해 아는 게 많았다. 그래서 나는 종종 언니를 찾아가 그림에 대한 조언을 들었고, 이날도 나는 언니에게 원고를 내밀며 말했다.

"언니, 이제 책이 거의 다 되어가는데요. 한 번 보시고 느낌이 어떠신지 말씀해 주실 수 있으세요?"

원고를 본 혜수 언니가 말했다.

"용희 씨, 그림 저번보다 훨씬 좋아졌네요. 저는 용희 씨 그림이 글이랑 분위기가 잘 맞아서 좋아요. 자신만의 색이 잘 표현된 것 같아서요."

나는 혜수 언니의 말에 깜짝 놀라 물었다.

"저의 색이 잘 표현되어 있다고요?"

"그럼요. 그림은 자신만의 색이 잘 드러나면 좋은 그림이라고 할 수 있어요."

"아…. 원래 그런 건가요?"

나는 혜수 언니의 말을 듣다가 이제까지 내가 예술을 너무 어려운 것으로 생각하고 있었다는 것을 알게 되었다. 예술은 감상의 대상이 되는 아름다움을 표현하는 인간의 활동이나 작품을 말하는 것으로 누구나 자유로운 자기표현을 할 수 있는 것인데…. 나는 그림을 그리는 데에는 어떤 법칙이 있고, 세상에는 법칙을 알고 있는 사람과 모르는 사람이 있다고 생각해서 나만의 방식을 버리고 막연히 누군가와 같은 방식으로 그려야만 좋은 그림이라고 생각하고 있었던 것 같다.

사실 개성 있는 자기표현을 빼놓고는 우리가 어떻게 예술을 말할 수 있을까?

'나만의 색이 드러나면 좋은 그림이 된다니…. 그럼 글도 나만의 색이 드러나면 좋은 글이 될 수 있는 걸까?'

그동안 나는 모든 창작활동에 답이 있다고 생각하고, 모르는 것에 대해서 너무 어렵게만 생각했던 것 같다.

'그래, 내가 하고 싶은 대로 해 보자.
나만의 자유로움을
한번 마음껏 표현해 보자고!'

단순한 생각이었지만 나중에 책을 다 완성하고 보니, 결국 이 생각이 가장 강력한 무기가 되어준다는 것을 깨닫게 되었다.

15. 가제본 인쇄 도전기

1

이제 '당신만의 책 만들기' 수업도 어느덧 막바지에 접어들었다. 우리는 그동안 만든 책을 잘 마무리해서 가제본 주문을 넣어보기로 했다.

책은 어떤 인쇄소에 맡기느냐에 따라서 견적이 천차만별이었고, 같은 인쇄소에 주문을 넣더라도 책의 판형, 종이 재질, 인쇄 부수를 어떻게 정하느냐에 따라 비용이 달라졌다. 소보로 선생님은 인쇄소 두 군데를 비교해 주시면서 우리에게 견적 내는 법과 주문 넣는 법을 친절히 알려주셨다.

"독립출판물을 인쇄하실 때는 종이 선택이 좀 헷갈리실 수도 있는데요…. 표지는 보통 스노우지나 아트지 250g을 많이 선택하고, 내지는 미색 모조지 90~100g을 많이 사용합니다. 또한 인쇄소에 주문을 넣기 위해서는 준비된 원고를 표지와 내지 각각의 pdf 파일로 만들어야 하는데요. 종이를 어떤 재질로 하느냐에 따라 책 두께 즉 책등 사이즈가 달라져서 표지 디자인을 계속 수정해야 하니까, 주문하실 때는 모든 옵션을 결정하신 후에 가장 마지막에 표지 수정을 해 주세요."

인디자인으로 표지를 작업하면 책 표지의 앞날개, 앞표지, 책등, 뒤표지, 그리고 뒷날개까지 해서 총 다섯 면이 하나의 스프레드로 디자인된다. 이때 책 두께가 변경되어 중간에 있는 책등 사이즈가 바뀌면 전체 표지의 가로 길이가 바뀌기 때문에 표지 작업은 가급적 가장 마지막에 하는 게 좋다.

"책을 완성하신 분들은 이번 주에 가제본 주문을 넣어보세요. 그래야 마지막 수업에서 여러분이 만든 책을 같이 볼 수 있을 겁니다."

나는 선생님의 말씀을 듣고 가제본 주문을 넣어보기로 했다. 책을 대량으로 주문할 때는 권당 가격이 많이 떨어지는 데, 한 권만 인쇄하려니 배송비까지 해서 대략 5만 원의 비용이 들었다.

나는 가제본 인쇄 비용이 너무 많이 들어서 깜짝 놀랐다. 내가 완성한 책은 내지가 160장 정도여서 두께가 좀 있긴 했지만, 그래도 한 권에 5만 원은 놀라운 가격이었다. 가제본을 한 번 찍어서는 디자인이 어떻게 나올지 몰라 어떤 분은 27번 찍은 분도 있으시다던데…. 그럼, 그분은 가제본에 대체 얼마를 쓰신 걸까?

같이 수업 듣던 또 다른 어떤 분은 다른 인쇄소에서 한 권에 3만 원 정도에 가제본을 인쇄했다고 했다. 하지만 그분이 선택한 사이트는 대량 인쇄를 할 때는 오히려 권당 비용이 많이 들었고, 고를 수 있는 종이 옵션도 적었다. 나는 이런저런 고민 끝에 가격이 저렴한 인쇄소 대신 실제 본 출력을 진행할 인쇄소에 주문을 넣어 보기로 했다. 나중에 본 출력 때 인쇄소가 달라서 색상이 미묘하게 바뀌는 것을 방지하고 싶었기 때문이었다.

인쇄비는 인쇄소마다 천차만별이었다. 참고로 내가 거래한 인쇄소는 100권을 컬러로 인쇄하면 80~90만 원 정도가 들었다.

또한 인쇄비는 인쇄 방식에 따라서도 달라지는 데, 보통 수량이 적으면 디지털 인쇄를 선택하고, 수량이 많으면 오프셋인쇄를 선택한다. 그 이유는 50~100권 내외는 디지털 인쇄가 저렴하고, 500~1,000권 이상의 대량 인쇄는 오프셋 인쇄가 훨씬 더 저렴하기 때문이다. 다소 애매한 부수는 인쇄소마다 견적을 비교해 보고, 인쇄 부수와 방식을 생각해 보는 게 좋다.

본 출력을 진행할 때는 '교정 출력 제도'를 활용하는 것도 방법이다. 교정 출력은 책 2부를 제작하여 1부는 제작자에게 보내고, 1부는 인쇄소에 보관해서 50권 이상 대량 인쇄 주문 시 인쇄소에 보관 중인 1부를 기준으로 색 맞춤을 진행해 주는 것을 말한다. 이때 인쇄소에 따라 교정 출력 비용을 포인트로 적립해 주기도 하므로 관심 있는 인쇄소가 있다면 홈페이지를 찾아보거나 고객센터로 문의해 보는 게 좋다.

그렇게 나는 모든 주문을 마치고, 마지막 수업 전에 내가 만든 가제본이 잘 도착하기만을 빌었다.

2

가제본은 인쇄되어 목요일에 출고되었지만, 월요일 마지막 수업 때까지 책을 받으려면 토요일에는 택배가 도착해야 했다. 하지만 토요일 오전에도 기다리던 배송 연락은 없었고, 애태우며 마음을 졸이던 나는 택배 기사님께 연락드려 오후 하차 시간에 맞춰 센터로 찾아뵙기로 했다. 가까스로 택배를 받아 든 나는 몇 개월간 책 제작에 심혈을 기울인 탓인지 테이프를 뜯기만 하면 되는데도 쉽사리 상자를 열 수가 없었다.

'과연 결과물이 어떻게 나왔을지…?'

나는 숨 고르기를 하며 마음을 진정시키고, 떨리는 마음으로 상자를 열었다.

"아… 이게 뭐야?"

내가 만든 책을 처음으로 본 순간, 기쁨 대신 탄식이 절로 터져 나왔다. 컴퓨터로 작업할 때는 색상이 밝고 예뻐서 실물도 괜찮은 책이 나올 거로 예상했지만…. 막상 종이로 인쇄된 책을 받아보니 느낌이 전혀 달랐고, 사진이 많다 보니 마치 식물도감이나 백과사전을 보는 것만 같았다. 내가 만들고 싶었던 책은 기념품 대신 사 갈 수 있는 색연필 그림이 그려진 아기자기하고 예쁜 책이었는데, 맙소사 현실은 식물도감의 탄생이라니…. 좌절감이 밀려왔다.

'아…. 이거 참, 완전히 망한 것 같은데?'

이상하게도 가제본을 받고 나니, 열정만으로 책을 쓸 때보다 오히려 마음은 더 답답해지는 것 같았다.

1. 인쇄소는 어디가 좋을까?

인쇄소마다 취급하는 용지와 견적이 달라서 체크
해보고 자신에게 맞는 인쇄소를 선택하는 게 좋아요.

디지털 인쇄 : 소량 인쇄에 적합해요.

오프셋 인쇄: 500부 이상 대량 인쇄에 적합해요.

1) 태산인디고

  https://www.t-print.co.kr

2) 영신사

  https://www.youngshinsa.com

3) 알래스카인디고

  https://www.alaskaindigo.co.kr

4) 주손디앤피

  https://www.juson.kr

5) 와우프레스

https://wowpress.co.kr

6) 인터프로프린트

https://www.interproprint.com

2. 굿즈 제작을 하고 싶을 땐?

독립출판을 하게 되면 북페어 등 이벤트가 있을 때
굿즈도 많이 제작해요.

1) 레드프린팅 앤 프레스

https://www.redprinting.co.kr/ko

2) 성원애드피아

https://www.swadpia.co.kr

3) 오프린트미

https://www.ohprint.me

16. 책 선생님의 친절한 조언

1

월요일 수업 전, 나는 떨리는 마음으로 소보로 선생님께 가제본을 내밀었다.

"선생님, 이 책이 주말에 도착한 가제본인데요. 예상보다 훨씬 더 망한 것 같아요."

고개를 갸우뚱하며 책을 받으신 선생님께서는 가제본을 한 장 한 장 정성스레 살펴보시면서 말씀하셨다.

"잘하셨어요. 그래도 수업 기간 내에 이렇게 가제본까지 만드신 건 정말 대단한 거예요."

시무룩해 있는 내게 소보로 선생님은 따뜻한 위로의 말을 건네주셨다. 나는 소보로 선생님의 말씀에 잠시나마 따스한 온기를 느낄 수 있었지만, 가제본 때문에 속상한 마음은 도무지 감출 수가 없었다.

"선생님, 사실 전 가제본을 보고 크게 실망했어요. 제가 이렇게밖에 만들지 못하나 싶어 의욕도 꺾이고, 몇 달 동안 고생한 게 물거품이 된 것 같아 허무하기도 하고요. 이런 퀄리티라면 앞으로 계속 책을 만들 수 있을지도 잘 모르겠어요⋯."

완성된 가제본은 해상도가 낮은 사진이 많아 전체적으로 퀄리티가 낮아 보였고, 쨍한 색감의 일러스트는 너무 튀고 사진은 또 너무 진지한 느낌이어서 전체적으로 일관성이 없었다. 책 구성도 동물을 만난 이야기 다음에 시가 갑자기 툭 튀어나와 콘셉트가 너무 난해해 보였다. 책을 넘기시던 선생님께서는 잠시 멈추시고 내게 말씀하셨다.

"용희 님, 맘고생 많이 하셨어요⋯. 그래도 제 생각은 이 책에서 뭔가 얻은 것 같아요."

나는 선생님의 말씀에 잠시 어리둥절해졌다.

"이 책에서 뭔가 얻은 게 있다고요?"

실패는 그냥 실패로 끝나는 건 줄 알았는데, 잘못 만든 책에서도 배울 점을 찾을 수 있는 걸까? 나는 선생님 말씀에 귀를 기울였다.

"그럼요. 모든 게 다 경험이니까요. 제 생각에는 그렇게 실망할 상황은 아닌 것 같아요. 다시 살펴보니 이 책은 두 가지 방향이 있을 것 같은데요? 아예 전체적인 톤을 다운시켜서 더 점잖게 가거나, 아니면 더 정신없게 만들어서 예쁘고 톡톡 튀게 하거나… 용희 님 생각은 어떠세요?"

나는 잠시 머뭇거리다 선생님께 말씀드렸다.

"아무래도 저는 밝고 톡톡 튀는 게 나을 것 같아요."

선생님께서도 그렇게 생각하셨는지, 한층 더 밝은 목소리로 말씀하셨다.

"네, 맞아요. 저도 아예 전문적인 내용을 다룰 게 아니면 책 디자인은 더 튀는 것도 좋을 것 같다고 생각해요. 그리고 저는 여기에 용희 님 자신의 이야기를 넣는 것도 좋을 것 같은데…. 그건 어떻게 생각하세요?"

지금 선생님께서는 내게 에세이를 한번 써보라고 하시는 걸까? 나는 놀라 선생님께 물었다.

"제 이야기를 넣는다고요?"

"네. 예를 들면 여기 사라봉에서 갑자기 토끼가 나오는 부분 있잖아요? 거기에 용희 님 이야기도 넣어보면 어떨까요? 야외에서 갑자기 토끼를 봤을 때 느꼈던 생각과 감정 같은 게 분명히 있을 텐데요. 그걸 한 번 써보세요."

'나는 아직 용기 있게 내 이야기를 꺼내놓을 준비가 되지 않았는데…. 어떡하지?'

어리둥절해서 선생님을 쳐다보니, 선생님께서는 부드

러운 표정으로 나를 바라보시며 말씀하셨다.

"사람들은 누구나 자신만의 에피소드가 있잖아요. 독자들은 그런 걸 더 흥미 있어 하거든요. 처음에 본인이 왜 그런 콘텐츠에 관심을 두게 됐는지 자신의 이야기가 녹아 있으면 독자들도 더 쉽게 이해할 수 있고, 자연스레 관심도 가게 되는 법이니까요. 용희 님도 한번 자신의 이야기를 써 보세요. 분명 뭔가 느낀 것이 있을 거예요."

나는 소보로 선생님의 조언을 잘 기억하기 위해 노트에 꼼꼼히 적었다.

"그리고 처음 용희 님이 발표했던 책 콘셉트가 좀 독특했는데 그런 게 이 가제본에서는 제대로 살아나지 못한 것 같아요. 책을 만들다 보면 계속 수정하고 싶으시겠지만, 되도록 처음 작성했던 출판기획서 대로 콘셉트를 유지하면 좋겠어요. 그리고 원고가 완전히 준비된 뒤 책 만들기를 시작하는 게 좋은 데, 그렇게 해야 만들기도 편하고 좀 더 완성도 있는 결과가 나오는 것 같아요."

나는 노트에 '원고가 완성된 뒤 책을 만든다.'라고 적었다. 그리고 '출판기획서 작성 시 계획한 대로 콘셉트를 유지하고 책을 일관성 있게 만든다.'라고도 적고 형광펜을 그었다.

소보로 선생님의 말씀을 듣고 보니 모든 창작물에는 사람들의 다양한 생각이 존재하고 정해진 틀이나 답은 없지만, 확실히 책을 만들 때 기본적으로 지켜야 할 원칙은 있는 것 같았다. 앞으로는 책을 출판하면서 꼭 알아야 할 기본적인 원칙들을 한 번 찾아가 보기로 했다.

나는 선생님이 해주신 친절한 조언을 마음에 새기면서 지난 10주간 내게 많은 것을 아낌없이 가르쳐주신 소보로 선생님께 깊은 감사의 말씀을 전했다.

17. 절대로 포기하지 말아요!

소보로 선생님의 조언을 들은 후, 집으로 돌아온 나는 가제본을 다시 수정하기로 했다. 먼저 화소가 낮은 사진을 다 빼고, 시를 지워보았다. 그렇게 맘에 들지 않는 페이지를 다 지우고 나니, 책 분량은 겨우 12페이지밖에 남아 있지 않았다.

'아…. 이게 뭐야? 나 지금 또다시 써야 하는 건가? 벌써 몇 번째 책을 다시 쓰고 있는 건지…. 내 책은 과연 언제쯤 세상에 나오게 될까?'

이쯤 되면 내가 책 쓰는 걸 포기해야 하는 건 아닌지 진심으로 고민되기 시작한다.

'아, 인생….'

반쯤 포기하고 싶은 내적 고뇌를 꾹 누르고 나는 다시 컴퓨터를 켜고 원고를 수정해 보기로 했다. 그래도 했던 작업이 있는데 이대로 포기한다는 게 너무 아쉬웠고, 좌충우돌하긴 했지만, 배운 것도 많았기에 마음을 다시 다스러 보기로 했다.

'힘들지만 어쩌겠어? 그래도 한번 시작한 건 뭐가 나오나 끝까지는 가봐야지.'

비록 가제본이었지만, 그래도 책을 처음부터 끝까지 만들어 본 경험은 내게 많은 가르침을 주었다.

「무엇보다 글 작가는 글을 잘 써야 한다는 것」

정말 기본적인 원칙이지만 몇 달간의 작업이 다시 원점으로 돌아온 내게 이 말은 가장 중요한 교훈이 되었다.

'그래, 처음 해보는 일에서 모든 경험이 다 부족한데 어떻게 완벽하게 할 수 있었겠어?'

아쉽게도 나는 이번 책 만들기 수업에서 처음 기획했던 예쁜 디자인의 책을 만들지는 못 했지만, 지난 10주간은 내가 뭘 할 수 있는지 몰라 이것저것 도전해 봤던

후회 없는 시간이었다고 생각하기로 했다. 사실 무엇을 하면 안 되는 건지 제대로 알게 된 것만으로도 배움은 있었던 거니까….

'경험을 얻었으니까 포기하지 말고 다시 시작하면 되는 거지. 너무 마음 무거워지진 말자.'

그렇게 마음을 다스리니 내가 만든 가제본을 다시 한 번 찬찬히 뜯어볼 여유도 생겼다. 내가 뭘 잘했나 잘못했나 하는 스스로 평가하는 마음을 내려놓고, 차근차근 다시 살펴보니 성심을 다해 정말 열심히 해준 과거의 나에게 고맙다는 생각이 들었다.

'그래, 시도는 언제나 아름다운 거야. 지구는 행동하는 별이라잖아?'

원래 모든 물체는 정지해 있으려는 데, 지구에 살면서 가장 재밌는 건 스스로 원하는 것은 행동해야만 얻을 수 있다는 점이라고 한다. 나는 이대로 멈추고 싶진 않아서 가제본의 첫 장을 열어 지금의 느낌을 몇 자 적어 놓기로 했다. 독립출판 작가들은 다들 이렇게 한다던데, 나중에 보면 이 모든 게 추억이 된다고 한다.

첫 책을 출간한 후 나는 가제본을 보고, 과연 무슨 생각을 할까? 문득 상상해 보니, 미래의 나에게 몇 마디 전하고 싶은 말이 생각났다.

"가제본이 예쁘게 안 나왔다고 해서 그리 좌절할 필요도 없었는데…. 막상 결과물을 받아보니 나 자신에게 실망했다는 마음에 너무 충격이 컸던 것 같아. 앞으로 계속 책을 만들게 되면 스스로 지치지 않기 위해 자신에게 좀 더 상냥하게 대해주는 게 필요할지도 모르겠어. 수고했어. 김 작가. 절대로 포기하지 마! 다시 처음부터 잘해보자."

이렇게 적으니, 마치 내가 곧 작가가 될 수 있을 것만 같아 기분이 좋아졌다. 그렇게 마음을 가다듬고 나는 다시 새로워진 마음으로 책을 쓰기 시작했다.

보내는 글

책 쓰는 날들을 마치며

이렇게 저의 책 쓰는 날들은 이 책의 제목처럼 정말 책만 쓰다 끝이 났습니다. 처음에는 아무것도 모르고 '나도 책을 한 권 써보자.'하는 마음으로 호기롭게 시작했지만, 하다 보니 쓰고 또 쓰고, 쓰고 또 쓰고만 반복하고 있는 자신을 발견하게 되었습니다.

처음에 제가 만들고 싶었던 책은 뭔가 예쁘고 귀엽고 소장 욕구도 마구 생겨나는 책이었는데, 그런 책은 그리 쉽게 만들어지지 않았고, 책 만들기와 관련한 기술을 익히는 데도 꽤 오랜 시간이 걸렸습니다.

가제본을 완성한 후에도 저는 한동안 한글 파일로 된 원고를 갖고 다녔습니다. 그렇게 했던 이유는 책 콘셉트는 나날이 바뀌고 있는데, 언제 출간될지 모르는 하루하루를 견디면서 책을 쓰겠다는 저의 열정만큼은 꺼트리고 싶지 않았기 때문이었던 것 같습니다.

그래서 결국 제 책은 어떻게 되었냐고요? 지금도 믿어지지 않지만 저는 그토록 기다리던 첫 책을 출간하게 되었습니다. 이쯤 되면 독자님께서는 첫 책은 제주에서 야생동물을 만난 이야기일 것으로 생각하시겠지요? 하지만 놀라지 마세요. 저의 첫 책은 「제주의 말 타는 날들」이 되었습니다. 가제본 원고를 갈아엎고 다시 책을 쓰기 시작했을 때만 해도 제가 승마 이야기를 책으로 낼 거라는 건 아예 상상도 못 했던 일이었지만…. 정말 인생은 예상한 대로만 흘러가는 건 아닌가 봅니다. 지면상 다 쓰지 못한 책 출판에 관한 뒷이야기는 「제주의 독립출판 하는 날들」에서 더 들려드리도록 할게요.

　열정만으로 야심 차게 출발했던 저의 책 쓰는 날들은 평범한 일상에 다양하고 즐거운 경험을 가져다주었습니다. 저는 사람들이 제게 그렇게 따뜻하게 대해줄 줄은 몰랐고, 책을 쓰다가 도두봉으로 닭을 찾으러 가게 될 줄은 상상도 못 했으며, 소보로 선생님 같은 좋은 선생님을 만나게 될 줄은 꿈에도 몰랐습니다. 이 모든 게 책을 쓰겠다는 작은 소망 하나로 시작된 이야기라니, 어떻게 제게 이런 일들이 일어날 수 있었을까요?

이 책은 자신에게 실망하더라도 포기하지 않고 계속 열정적으로 도전하자는 이야기를 담고 있는데요. 혹시 새로운 도전을 하다가 자신에게 너무 실망하셨다거나, 글 쓰기가 처음이라 모든 게 너무 막막하시다거나, 자신만의 독립출판물을 제작해 보길 희망하시는 분들께 조금이나마 도움이 되었으면 하는 바람입니다. 무언가를 시작할 때 어디서부터 시작해야 할지 모르는 분들이 계신다면 저처럼 좌충우돌하며 무작정 돌진한 사람도 있으니 어떻게든 상황을 돌파할 용기를 내보시라는 말도 함께 전해드리고 싶네요.

책을 쓰다 보니, 문득 우리에게는 각자 마음에 품은 재능의 씨앗이 있는 건 아닐까? 하는 생각을 하게 되었습니다. 하고 싶은 일이 있을 때 자신이 할 수 있는 범위에서 차근차근 조금씩 최선을 다하면, 언젠가는 자신이 가진 씨앗이 싹을 틔우고 자라나게 되는 것 같아요. 결국 이렇게 긴 글을 통해 제가 여러분께 드리고 싶은 말씀은 '맘속에 품은 여러분의 씨앗이 싹 트는 그날까지 절대로 포기하지 말아요!'입니다.

사람들은 다들 좌충우돌하며 살아가는 것 같아요. 그러니까 힘든 일이 있다면 용기를 내어 다시 한번 나아가면 어떨까요? 스스로 포기하지 않으면 배움은 늘 따라다니는 것 같고, 지금은 잘하지 못해도 경험은 계속 쌓일 것이고, 그러다 보면 어느새 우리는 모두 특별한 사람이 되어 있지 않을까 생각합니다.

제가 가진 한 가지 믿음이 있다면 모두가 자신의 능력을 깨닫고 그 힘을 자유로이 쓰며 살아도 이 세상은 참 괜찮은 세상이라는 것이에요. 자신의 재능을 싹 틔우는 그날까지 포기하지 말고 우리 함께 걸어가 보아요.

모두의 꿈을 응원합니다.

제주에서 김용희

제주의 책 쓰는 날들
ⓒ 김용희

발행일
2024년 3월 30일 초판 1쇄 | 2024년 12월 25일 2쇄 발행

지은이 김용희

편집.디자인 김용희
일러스트 김용희, 권서현, 권서진
표지 미조

발행처 달책빵
발행인 박주현
출판등록 2022년 06월 23일 제2022-37호
전자우편 moonbookbread@gmail.com
대표전화 064-782-4847
등록주소 제주특별자치도 제주시 구좌읍 대수길 10-12

정가 15,000원
ISBN 979-11-979778-6-2 03800